Jean Cocteau

1

蒙蒂耶公寓夹在巴黎西区克里西街和阿姆斯特丹街两条斜街之间，开在克里西街的是后门，一扇铁栅门；阿姆斯特丹街上的是大门，可容马车通过，总是开着。一过这拱门，就算是进蒙蒂耶了，一个正气的长圆形院子，高墙下两三间小平房，挂着厚窗帘，里面该是住着画家吧，想来房里一定满是徽章、锦缎、异域高官的肖像画和篮中猫的静物画。房间的主人为声誉所累，求画者甚多，却不张扬，是这片公寓的宁静抵御了尘嚣。

不过每天总有那么两回，这份宁静会被惊扰，一次是上午十点半，另一次是下午四点。那是龚多赛男子中学的学生冲出了校门，把公寓院子当成了他们的演兵场。这个中学不大，就在阿姆斯特丹街72号甲对面。院子顿时人声鼎沸，成了中世纪的集市——有谈情说爱的，有玩游戏的，有耍戏法的，有交易邮票和玻璃球儿的；更有甚者，角落处，好欺生者正交头接耳，挑选着猎物，预谋着陷阱，欲在课堂上使出致命的一击，这长袖善舞之功令尊长们都大跌眼镜。是啊，这群十四五岁的学生可不简单啊！来年，他们就要升入位于高马丁街的高中了。到时，阿姆斯特丹街的初中肯定不入他们的法眼，“小大人”立马改头换面，不再斜挎书包，书和本子就用一方粗布一根帆布绳子，裹巴裹巴就奔学校了。

不过现在他们还是初中生，青春的骚动中带着点孩子气，难免由着性子来。这也是天性使然，就像摔了跤忘了疼那样没啥记性，可他们特别警觉，很难被撞见，一旦发现有人来了，他们就不出声了，换了副嘴脸。这群善变者要么如野兽般怒竖鬣毛，要么如花草般信手低眉，但绝不会透露一星半点他们的起止行藏。外人揣测，这个小团体亦难逃勾心斗角、替罪羔羊、屈打成招、威胁恫吓、身心折磨、忍辱负重，但其间的细枝末节却无从知晓，就算偶尔听到只言片语，也因是暗语密令而不知所云。玛瑙红玻璃球儿和邮票成了他们的硬通货，头儿、二当家的口袋里满是“贡品”，“聚义厅”里间或传来惊呼声。我猜想小平房里、闭门不出的画家定不会放过如此好戏，正轻挑帷帘，细绘“群魔”，名曰《“烟囱工”的雪仗，可爱的顽童或猜猜我是谁》。

那是个冬夜，前日就开始下的雪给周遭抹上了别样的景致。蒙蒂耶公寓也清爽了不少，显得年轻了。软泥接落雪，银花似无意他处，只流连于此。

湿滑的雪地上，上学的孩子踏出了条硬邦邦的泥路。街沿一路灰蒙蒙的积雪。台阶上、天棚上、房檐上还留着残雪。厚重的凸缘和挑檐，轻白的疏影和雪色，两两相映，浮现着些许温情，些许期待；雪后初霁，白茫茫清悠悠，飘絮躺落石上，纤尘不染，透出高洁之气——素裹银装下的蒙蒂耶公寓似着了魔法，成了小巧精致的沙龙。

空荡荡的街道少了点诗意，煤气灯也显得无精打采，间或一阵凛冽的寒风摇曳着火苗。地上的薄冰裂开了，露出东一块西一块的泥地；阴沟边的雪堆让不少人中招跌倒；街角暗处，已有人冻死了。

此时再看蒙蒂耶公寓，又是另一片光景。那几间平房不再是画家们看好戏的包厢了，而成了名副其实的黑屋，闭门谢客，拒人于千里之外。

大雪赶走了占着大院的集市，没了杂耍卖艺的、干苦力的、做买卖的，却有股硝烟味。

四点刚过十分，大门口已聚集了些“学生兵”，队伍还在壮大，不断有结伴或独自来入伙的。看来要出事了，最好先别急着从门口过。

“你看到达吉罗斯了吗?”

“噢……没……好像没看到。”

回话的是个学生，正和另一个学生扶着膝盖上包着手帕的“伤兵”往外走。受伤的紧拽着那个学生，单脚跳着前行。

问话的脸色苍白，眼神黯淡，像个病人；他走路像个跛子，斗篷一直拖到了腿肚子，像是要盖住那个怪怪的突起，他别是个驼背吧！忽然，他一甩斗篷，朝堆书包的角落走去。瞧他走路的架势，斜挎着皮书包，挺沉的，遮着胯部，别是那儿也有问题？他扔下书包，不装残疾了，但眼神依然黯淡。

他径自向“战场”走去。

门口的右手人行道上，时明时暗的煤气灯下，正上演着“夜审俘虏”的好戏。四个学生将一小个子前胸抵着墙，其中的高个子在“俘虏”脚边蹲下，又是揪耳朵，又是扳脑袋，硬要人“欣赏”他恶心的鬼脸。扭曲变形的怪相还真吓人。被逮的抽泣起来，想要低头闭眼，逃过这活罪。“怪脸人”可不善罢甘休，抓起一把脏雪就往“猎物”耳朵里塞。

病恹恹的学生没心思看这出好戏，急着从“枪林弹雨”中杀出条“雪”路。

他在找达吉罗斯，他“爱”的达吉罗斯。

这“爱”的痛苦无可名状，撕心裂肺，无药可救；这渴望无欲无求。这种折磨人的滋味，之前他从未有过。

达吉罗斯可是学校的风云人物，眼里只瞧得上两种人——不是他的对手，就是他的小兄弟。那个“病”学生一看到“心上人”头发乱蓬蓬、膝盖血淋淋、口袋满当当，就找不到“北”了。

他被“战”势鼓舞，拼尽全力，朝达吉罗斯奔去，就是为了去保护他，为了向他证明自己。

大雪纷飞，衣服上、石墙上堆积起了星星点点。忽明忽暗，隐隐约约，终于看到他了，脸色发红，正高声喊着什么，手指着下一个攻击目标。

“病”学生踉跄着，欲唤“心上人”。可有个达吉罗斯的追随者站在高处，认出了他。刚开口“达……”，飞来的雪球就把嘴堵上了，卡在口里，牙齿寒战不止。一阵哄笑声中，他瞥见了达吉罗斯，被同党们围着，双颊映火，乱发四散，手舞足蹈。

暗拳袭来，重重地，如巨石砸胸。顿时，脑袋一片空白，他仿佛看见“圣坛”上，头顶“光环”的达吉罗斯傻了眼，僵在那里。

他倒在地上，血从嘴角涌了出来，顺着下巴和脖子，染红了白雪。口哨声四起，转眼间，院子里已空无一人。几个好事者围了过来，盯着口鼻流血不止的少年，却无动于衷。胆小的不愿凑近，打着响指，撇着嘴，抬头扬眉，走远了。其他的一滑步，拿起书包，也溜了。达吉罗斯他们站在台阶上，一动不动，也傻了眼吧！学校门房和学监得了消息，由一个叫吉拉德的学生领着，终于来了。两人扶起躺在地上的伤者；学监回过身去，问道：

“达吉罗斯，是你干的?”

“老师，是的。”

“跟我回学校。”

同伙们跟着他一起去了。

虽然有人不愿承认，可长得讨人喜欢就是占便宜。

龚多赛中学的老师都偏爱达吉罗斯。今天这事儿让学监很头疼。

受伤的已被抬到门房那儿。门房老婆挺沉着的，给他洗了伤口，正试着叫醒他。

门外全是看热闹的，达吉罗斯一个人进了屋。吉拉德哭着，拽着伤者的手。

“到底怎么回事，达吉罗斯?”

“老师，没什么好说的。我们正打雪仗，他吃了个我扔的雪球，可能那玩意儿重了点，好像还正砸在心口，他“噢”的一声就倒在地上了。开始我还以为是别人的雪球让他鼻子出血了。”

“雪球怎么会把人打晕呢?”

“老师，老师，”一个学生抢着说道，“他肯定在雪球里塞了石头。”

“是这样吗?”

达吉罗斯耸耸肩。

“回答呀!”

“没什么可说的。您看，他醒了，还是问他吧……”

伤者苏醒了，头枕着吉拉德的手臂。

“觉得怎么样了?”

“对不起……”

“别这样说，你刚才受伤了，昏了过去。”

“我知道。”

“告诉我你怎么会晕倒的?”

“我胸口被雪球砸中了。”

“雪球不会弄伤人的!”

“可并没有什么其他东西砸到我。”

“有人可说这颗雪球里裹着块石头。”

伤者看看达吉罗斯，耸耸肩说道：

“那是胡说的。吉拉德，你疯了，别乱说。雪球就是个雪球。我跑得猛了点，头一晕就摔倒了。”

学监叹了口气。

达吉罗斯撇清了干系，可以走了；还没到门口，忽地转过身来。大家都以为他要去安慰一下伤者。没想到，他在门房卖文具、糖果的柜台前站定，犹豫了片刻，从口袋里掏出几枚硬币，放到台沿上，取了根细得像鞋带的甘草棒棒糖。接着，他手执军礼，跨步离开了。

学监已派人叫了辆车，打算送伤者回家。可吉拉德坚称不用学监陪着了，去了反而添乱，有他就行了。

“这不，看，保罗好多了!”他缓和了一下口气。

学监也没坚持。雪还在下。保罗住在蒙马特街。

学监看着吉拉德扶着朋友上了车，盖好羊毛围巾和斗篷，终于重担落肩了。

2

路结冰了，车子缓缓前行。保罗靠在后座，脑袋不停地左颠右簸。吉拉德一抬头，借着街灯，瞥见他脸庞煞白，紧闭着双眼，鼻影和粘着血痂的嘴角显得特别突兀。他喃喃道："保罗……"保罗听到了，但头太沉了，发不出声来。他从厚重的斗篷里伸出手来，轻放在吉拉德的掌心中。

面对这样的境遇，还是孩子的他们总会往坏处想。虽知生命力之顽强，可每每遇事，他们总会悲观面对；但又因年轻，"死"尚不足惧，绝境亦如幻境。

吉拉德一个劲地说："保罗死了，保罗要死了。"当然他不希望这是真的。保罗如果死了，会在他心里留下永远的印迹，如春梦一场，如雪中一游。因为，他喜欢保罗就像保罗之于达吉罗斯。在吉拉德看来，保罗的魅力正是在于他的弱点。

保罗眼里只有达吉罗斯，要强懂事的吉拉德只能暗暗地跟着他、保护他，不想他为“情”所困。刚才雪中那一幕，吉拉德是不是太莽撞了?！保罗的无动于衷激起了他的痴情——你要和达吉罗斯在一起，那我也是，就是要跟着你。于是，像那些看热闹的，远远地关注着雪仗。看到保罗血淋淋地倒在地上，想到达吉罗斯他们不是好惹的，他就急着讨救兵去了。

现在，又一如平常了，吉拉德像个忠仆，守护着保罗。小车、街灯、寂静把他带入犹如天堂人间的梦境，沉醉其中，似中了魔法。此时无助的保罗惹人怜爱，他的一腔痴情终于有了着落。

猛地想到蒙冤的达吉罗斯，是妒忌让他口无遮拦，诬陷了“情敌”。方才门房一幕又浮现在眼前：傲然耸肩的达吉罗斯；冷眼责难的保罗，为了保护“心上人”，为了替他开脱而拼尽全力说出“你疯了”。别再想这事了，这不全是没来由的。雪球在达吉罗斯这个铁手那儿，比锯齿折刀更有杀伤力。保罗早晚会忘了这事的。这群少年的世界跌宕起伏、神秘莫测；细枝末节在他们眼里就是天大的事儿，大人们的窥视只会惊扰少年们的“神话”。

夜色中小车缓缓前行，寒风如鞭猛打着车窗，毛玻璃上投映着点点繁星。

忽然前方传来似人非人的泣声，细听起来更是撕心裂肺。一队救火车开过，夹雪的旋风震得小车颠了几下。顺着雪地上蜿蜒的车辙望去，残垣断壁、火舌飞舞、金色头盔，如幻影般从吉拉德眼前闪过。

旋闪灯映红了保罗的脸庞，吉拉德以为他要醒了。车队驶远了，保罗脸色依然惨白，还好手心温热，这让吉拉德松了口气，“这戏就得这样演”。“戏”字恐甚为不妥，但这正是保罗驾轻就熟之处，一个使他难以自拔的、半梦半醒的天地。在那儿，他主宰时空；他糅合现实，编织梦境；黄昏时分，在教室里，想入非非——达吉罗斯倾情于他，对他俯首称臣。

注视着他后仰的头，紧握着他暖暖的手，他别是真的在演戏吧？吉拉德心想道。

没有保罗，这车、这雪、这光影、这一路会意趣全无。吉拉德自认太鲁钝，造不出醉意；保罗主宰着他，让他脱胎换骨。学业置之脑后，什么语法算术，历史地理，不学了；白日梦让人腾云驾雾，让人幡然顿悟。他们是敏感的孩子，对异域的奇花异草未必感兴趣，可能在课桌下玩玩橡皮、铅笔头，就是天大满足了。

他真的在演戏吗？

不会吧，他了解保罗，凡尘俗世难入他法眼，高人自有玄机。

别给自己添堵了，没时间了，快到了。车子在家门前停下了。

保罗从昏睡中醒来。

“行吗？我来帮你？”吉拉德问道。

这问得多余——吉拉德要先下了车，随后扶他出来。

挎上书包，左手搂着保罗，让他右臂能倚靠在自己的肩上，借着力，一起爬楼梯。到二楼了，拐角有把老旧的绿绒沙发，棕绷和弹簧已冒了出来。吉拉德把保罗安顿在那儿，按响了右首门铃。一阵脚步声踩过，没响声了，一片寂静。“伊丽莎白!”没回音。“伊丽莎白!”吉拉德压着声用力说道：

“快开门！是我们。”

回答是轻声而斩钉截铁的：

“我才不开呢！烦死了！受够了你们这些‘野小子’。这么晚才回来，你们疯了不成!”

“丽莎,”吉拉德不放弃，“开门，快开门。保罗受伤了。”

停了会儿，门开了一小点。回话从门缝里传来：

“受伤了？别骗人了，我不会开门的。是真的吗?”

“保罗真的受伤了，快点开门，他正躺在那张破沙发上，还发抖呢。”

门终于开了，一个十五六岁的女孩走了出来。她跟保罗一样，长睫毛下一双蓝眸，脸色同样苍白，但相貌不似弟弟那样还显得有点稚气。到底她大了两岁了，短短的鬈发，脸庞清秀，是个美人坯子。

门廊昏暗，乍一看，女孩惨白的脸色和油渍斑斑的大号围裙有点瘆人。

眼见这情形，她也无言以对，和吉拉德一起抱着耷拉脑袋的保罗，摇摇摆摆地向屋里走去。一进门，吉拉德就想把事情一五一十地说了。

“真够混的，”伊丽莎白吼道，“你们倒好，什么蠢就干什么。你说话轻点，吉拉德，省得让妈妈听到。”

绕过餐桌，右手就是姐弟俩的卧室，里面有两张小床，一个五斗橱，一座壁炉和三把椅子。两张床之间有扇门，通向厕所和厨房。它们与门廊连着。一进卧室，不注意还以为是个储藏室呢。空盒子、脏衣服、浴巾撒了一地。地毯也是旧得筋筋拉拉的。壁炉上摆放着一座石膏胸像，眼珠和胡子用墨水涂鸦过；墙上到处钉着从报纸、杂志上撕下的电影明星、拳击手和俊男靓女的画片。

踢开挡路的盒子，伊丽莎白骂骂咧咧地，终于把保罗安顿上了床，上面堆满了书。吉拉德才道出“雪中之战”。

“你们太过分了，”伊丽莎白嚷起来。“妈妈病了，我在照顾她，你们倒好，在雪里玩得起劲。难道你们不知道，妈妈生病了吗?”伊丽莎白的声音更响了，一副大人腔。“我看护病人，你们玩雪球。还有，肯定是你，你这个呆子，拉着保罗一起混。”

吉拉德没做声。他知道姐弟俩的暴脾气、学生腔和神经质。不过真的面对时，他依然诚惶诚恐，唯唯诺诺。

“谁来照顾保罗，你还是我?”她没停，继续道，“站在那儿，像个木桩子，你想干吗?”

“丽莎小……”

“我不是丽莎，也不是什么小姐，放尊重点。还有就是……”

呻吟声打断了他们。

“吉拉德老兄，”保罗费力地从牙缝里挤出几个字，“别理她……这个女魔头在要我们呢。”

一听这话，伊丽莎白跳脚了：

“我，女魔头！好，那你们俩就自生自灭吧。我不会管你的，受够了。为了这个不堪一击的窝囊废，我真是傻，跟你们较劲。”

“让一下，吉拉德，”她话头一转，“看我这儿。”

猛地她一抬右腿，过了头顶。

“这，我练了两星期了。”

她要开始操练了。

“好了，现在你可以走了！快滚！快滚！”

她指着门。

吉拉德退到卧室门口。

“要不……”他支吾着，“我去叫医生。”

伊丽莎白收了腿。

“医生？我倒想听听你的高见。你不是挺聪明的吗？要知道待会儿，七点钟，妈妈的医生就要来了，就让他顺手看一下保罗，不就成了吗？还不给我滚！”她的口气不由分说。可吉拉德还站那儿，没回过神来。

“要么，你懂医术？不懂？那还不滚！你不走？”

她怒目圆睁，跺起脚来。他只能收兵了。

他向外退着，屋里暗了点，一个没留神，撞翻了把椅子。

“笨蛋！大笨蛋!”女孩不依不饶。“别扶了，快走吧，省得再弄倒几个。轻点儿关门。”

到了门外，吉拉德才想起车子还等在那儿呢，可他兜里没几个钱，也不敢再返身回去。伊丽莎白肯定不会来开门的，要么以为是医生，开了门，一看是他，为了解解气，肯定又要破口大骂了。

他住在拉菲特街舅舅家，就坐车回家吧，跟舅舅解释一下，车资就有了。

他钻进车里，蜷缩在保罗刚坐过的位子上。车子颠簸，他任由脑袋前合后仰。这不是做戏，他很伤心。这回他算是又领教了一次这姐弟俩的古灵精怪。伊丽莎白点醒了他，让他长记性了——保罗是对达吉罗斯执迷不悟。达吉罗斯征服了保罗；但吉拉德视为“主人”的可不是这个“俘虏”保罗。刚才在车里，吉拉德还动了点真情，说得露骨点，真有点像花痴对女尸起了邪念。不过拜“雪与血”之赐，成全了这次温情脉脉的雪中行；这一路，要说保罗是主角，那就像把红光误以为血色，大错特错了。

不错，他早认识伊丽莎白了；对弟弟，她是崇拜，对他，是友谊。姐弟俩很喜欢他，他当然见识过他们间的爱恨情仇、冷眼恶语和心领神会。头后仰着，晃荡着，脖子冷嗖嗖的，是该平静一下，是该琢磨一下了。明白了，其实伊丽莎白是刀子嘴豆腐心，她这样待他，是要他好好想想保罗怎么昏倒的，为谁昏倒的，之后还会发生？

拉菲特街到了，他让司机等一下，自己去取钱。司机嘟囔着，他三步并两步上了楼，跟舅舅一说，拿了钱，回身就走。

雪天的街上空无一人，车子不见了。大约司机等得不耐烦，有人要车，也就自认倒霉了。“钱归我了，不告诉别人。”他这样想着。“过几天我买点东西给伊丽莎白，顺便去看看他们。”

蒙马特街。

吉拉德一走，伊丽莎白就去了母亲屋里。这个房间带个小沙龙，在进门左首。妈妈昏睡着。四个月前，她突发急病，就一直未愈，三十多岁看上去像老妪，想死的心都有了。那个置他们母子三人如此窘境的男人，曾是个令人神魂颠倒的情人、怜子爱女的父亲。过去的三年里，他只回过几次家，每次都搞得鸡飞狗跳。最后得了肝病，还来要钱治病，没钱就拿着枪，威胁要自杀。回到情妇那儿，也被一脚踢开，最终气急败坏，落得个一病不起，无力回天，孤家寡人，一命呜呼。

这场变故让懦弱的妈妈变了性，不再照顾姐弟俩了，而是整天浓妆艳抹，花天酒地，嗜钱如命，苛刻下人。

她脸色苍白，这点姐弟俩跟她挺像。从父亲那儿，他们遗传了任性、浮夸和放荡。

活着干吗？她自问；医生是老相识，他会一直关心这两个孩子。久病的她让女儿和整个家都无精打采。

“妈妈，你睡着了吗？”

“还没，我就是吃力。”

“保罗扭伤了脚，躺在床上，让医生去看看他吧。”

“厉害吗?”

“走路肯定疼的。他在剪报呢，说是亲亲你。”

病人叹了口气。女儿成了一家之主。她不想让自己的病多拖累女儿。

“女仆没走吧?”

“没有，还在呢。”

伊丽莎白回到卧室，见保罗面壁躺着。

她俯下身，对他说道：

“睡着了?”

“别烦我。”

“真是有礼貌啊。你‘出窍’了（在他们嘴里，‘出窍’了说的是嬉戏时的情状；会说：我要出窍了，我出窍了，我出过窍了。不让人出窍是不可饶恕的）。你出窍了，我在家忙个不停。你这个混蛋，坏透了。把脚伸过来，我给你脱鞋。脚都冻僵了，给你去弄个热水袋。”

她把沾了泥的鞋子放在壁炉上的胸像旁，进了厨房。点着了煤气，她回到房间，替保罗换衣服。他骂骂咧咧的，但任其摆布。只有要配合时，伊丽莎白才开口：“抬一下头，或伸一下腿”或“装死的话，我没法脱这只袖子”。

最后她清一下口袋，把墨迹斑斑的手帕、电线、发了霉、粘一块儿的枣核往地上一扔。剩下的，放在五斗橱的抽屉里：一个象牙白手形物，一颗玛瑙玻璃球儿，一个笔套。

这抽屉里的都是他们的宝贝，一些真不容易说清楚的东西。这些物件对不明底细的人来说是一堆乱七八糟的破烂，有旧钥匙、药罐子、铝指环、卷发夹子。可这些是姐弟俩的“信物”。

热水袋挺烫，她嘟囔着掀开被子，剥兔子皮似的脱下弟弟的衬衫，换上睡袍。每次她动作重了点，保罗就故意僵直不动；一旦她发了慈悲，柔荑轻拂，他倒抽泣起来。她替保罗盖好被子，挨近说道“睡吧，小傻瓜”，有意无意地挥了下手，终于可以消停了。接着，她屏气凝神，瞪眼皱眉，铆足了劲，来了几个大劈叉。

妈妈房里的摇铃响了，声音倒是不大，有布裹着，还是吓了她一跳。是医生给妈妈看好病了。伊丽莎白拉着他来到弟弟床前，大致说了来龙去脉。

“帮忙去拿一下温度计，要好好给他看看；别在这儿‘监视’着了，你就在沙龙等吧。”

伊丽莎白穿过饭厅，在沙龙的靠背椅后站定。眼前，妖娆的雪花飘飘洒洒，轻盈得似悬在空中，她从未见过如此奇景。对面的街灯还亮着，光线投射过来，在天花板上划开了几扇窗，明一块暗一块，花纹般的光影间穿行着路人缩小的剪影。

沙龙里，落地的镜子如僵直的幽灵泛着青光，与这空悬着的“天”幕遥相呼应，更是让人无法自处。时不时小车驶过，扫过一束强光，抹去一切痕迹。

伊丽莎白试着不乱方寸，不行，心跳得怦怦的。于她或于吉拉德，雪仗之后的一切与他们的传奇世界毫不相干。

医生把她拉回来到现实，这儿只有严酷和忧虑，这儿只有生老病死。瞬间她隐约预感到今后的日子：病重卧床的母亲、体弱多病的弟弟、邻居施舍的热汤、硬邦邦的牛排、黑斑点点的香蕉，还有她赖以果腹的干面包。一个没人收拾、没有关爱的家。

有时实在饿得慌，姐弟俩就在床上啃麦芽糖，嘴还不闲着，对骂取乐，轮着看家里仅有的几本书，读得云里雾里，味同嚼蜡。接着“仪式”开始了——先是赶走糖屑，捋平床单，接着就是胡搅蛮缠。看样子，书看腻了，再玩，就更带劲。

伊丽莎白想到这儿，烦心事似渐远了。医生的一声“丽莎”惊醒梦中人，她推门进了卧房。

“行了，”他说，“不用太紧张。不太厉害，但也不能掉以轻心。他心脏不好，稍有点风吹草动就会放倒他。就不用去上学了，休息，休息，再休息。跟你母亲说是扭伤了脚，放聪明点，别让她多操心了。你是个大姑娘了，相信你能管好这个家。叫女仆来一下，我有事要关照她。”

“她走了。”

“噢！是吗？没关系，我明天遣两个护工来，轮着看护你母亲，顺便照顾一下你们。你可以吩咐她们做事的。”

伊丽莎白没道谢，似乎对此等好事已习以为常了，并不喜形于色。心想好事，好事自来。

医生又去看了看母亲，接着就走了。

保罗睡着了。她定睛看着他，听着他的鼾声。忽然，她如魔鬼附体，使劲地抱着他，脸都变形了。常人只会安抚病人，她倒好，招惹起睡着的病人。她凑近了看熟睡的保罗，眼皮上有雀斑，鼓鼓的上嘴唇盖住了下嘴唇。她将耳朵贴在弟弟外露的手臂上，听到的是什么!？乱哄哄的。伊丽莎白又用手堵上左耳，嗡嗡声更响了。她害怕了，听人说，耳鸣声大，就是要死了。

“我的心肝！”

她硬是把他弄醒了。

“嗯！怎么了？”

他伸了伸懒腰，一脸的不高兴。

“你要干吗？疯了不成？”

“我疯了！”

“就是疯了，在我身上乱摸一气，你就不能让人睡个安稳觉吗？”

“让你太平！我也想倒头就睡，可不行，要给你端茶送水，生怕你有什么动静。”

“什么动静？”

“好大的动静。”

“你真疯了不成？”

“我原想跟你说件大事。你说我疯了，那谁还愿意听个疯子胡言乱语。”

保罗有点上钩了，但不愿轻易就范。

“你爱说不说，我才不在乎呢。”

伊丽莎白当着他面，换了睡衣，这姐弟俩倒是毫不避忌。卧房是他们的保护罩，起居换洗都在一起，真是手足难分。

在保罗床边的椅子上，她摆好冷肉、香蕉、牛奶，又拿了些干点和石榴汁，放在自己的床头，终于可以歇一歇了。

靠着床头，她静静地看着书，吃着东西。保罗实在忍不住了，好奇地问医生是怎么关照的。当然不是病情，而是伊丽莎白嘴里的“大事”，这只有她知道。

手不释卷，嘴也不歇着，弟弟说的，她当然听到了，心想要是不作声，也不是个办法，就用心不在焉的口气答道：

“他说你不用去上学了。”

保罗一听就闭上了眼睛，仿佛忍受着撕心裂肺的苦痛——那就看不到达吉罗斯了，达吉罗斯不会再出现在他面前了，不由得叫了声：

“丽莎！”

“哼？”

“丽莎，我难过。”

“噢，是吗！”

她一瘸一拐地下了床，腿有点麻了。

“你怎么了?”

“我要……我要你陪我，躺在我身边。”

说着，眼泪就下来了，哭得就像个小孩，泪水、鼻涕和口水一把抓。

伊丽莎白把床往弟弟那儿拖了拖，两人的床就隔着把椅子了。她一躺下便伸手拍拍弟弟的手背。

“哟，看你……”她开口了，“你这个小傻瓜，跟你说不用去学校了，你就哭成这个样子。别怕，我俩不会被人遗弃的，会有白衣天使来照顾我们。这是医生说的。我嘛，不会扔下你一个人在家，出去也就无非买点零食和报纸，就会回来陪你。”

睫毛上泪珠点点，顺着保罗苍白的脸颊，一道一道地滴落在长枕上。

丽莎于心不忍，咬着唇问道：

“你是不是害怕什么?”

保罗摇了摇头。

“要不你想去学校?”

“不，不想去。”

“那为什么？有了！……听着！（她拽着弟弟的手臂）我们来玩个游戏吧？先把鼻涕擤了。看着我，我要使催眠术了。”

她靠了过来，眼睛睁得大大的。

保罗越哭声越大。伊丽莎白有点累了。她以为找个乐子，逗一下就能安慰弟弟，让他安然入眠。但倦意如同投射在雪地上的光束，黑乎乎地压将下来，她再也撑不住了，头一倒，睡了过去。

3

第二天，一切都井然有序。下午五点半，一位穿白褂子的护工给吉拉德开了门，他手里捧着个纸盒，里面装着紫色的蝴蝶花。伊丽莎白挺喜欢的。

“去看看保罗吧，”她诚恳地说道。“我要看着妈妈打针。”

保罗洗漱完毕，脸色好多了。

他打听起学校的事。的确出了件大事。

一大早，达吉罗斯被请进了校长办公室。昨天的事还没了呢。

达吉罗斯烦透了校长的盘问，不耐烦地应道：“行了，行了！”校长哪能受得起如此大不敬，气得直跳脚，伸出拳头要打人。达吉罗斯可不是软柿子，从口袋里掏出一把胡椒，往校长脸上一撒。

一看闯了大祸，达吉罗斯慌了，不知怎地，立刻跳上了椅子，作自卫状，似要对付开闸的洪水猛兽。看着上了年纪的校长如疯子般嗷嗷乱叫，撕扯着领子在桌上打滚，达吉罗斯就像前日扔雪球闯祸后一样，傻了眼，一动不动地站在椅子上。学监听到吵闹声，赶了过来，看到这一幕，也立在门口，呆住了。

幸好，学校不似法庭，没有死刑。校长被送进了医务室。达吉罗斯昂着头，努着嘴，大步穿过走廊，目中无人地走出了校门。他被轰出学校了。

吉拉德不是个喜怒形于色的人，讲起这事儿，也只是就事论事。可听者有心，多愁善感的保罗不由自主地问道：

“你知道他家住哪儿吗?”

“老兄，像他这号人怎么会留地址给别人呢。”

“他真可怜！帮忙把他的照片拿给我，就那么几张。”

吉拉德在壁炉胸像后面找到两张。一张集体照——矮的在前排，高的在后。第一排，老师左首就是蹲着的达吉罗斯和保罗。达吉罗斯像个踢球的，抱着手臂，腿上都是腱子肉，一脸王者之气，怪不得大家都服他。

另一张是他穿着戏服的照片。那次是为了过圣王节，学校排了话剧《亚她利雅》①，达吉罗斯如愿以偿地男扮女装，演了主角。他扮上戏，戴着面纱，穿着镶了假钻的罩袍，虎背熊腰了点，不过演起戏来有几分名角味儿。

保罗和吉拉德正沉浸在回忆中，伊丽莎白进来了。

“把这个放好?”保罗摆了摆那张戏服照。

“这是什么？你想放哪儿?”

“放到百宝盒里啊?”

“百宝盒里是什么都能放的吗?”

保罗脸一沉，知道姐姐可把这个盒子当回事呢。要进

---

① 亚她利雅（? —前835），古代中东国家南犹大王国的王后及太后，后来成了第七任君主。

百宝盒，可不能随随便便，要先得到她的同意。

“想问问你，”保罗接口道，“这照片行吗？上面那人就是朝我扔雪球的。”

“让我看看。”

她凝神看了好一会儿，也没吱声。

保罗又说道：

“昨天他朝我扔雪球，今天他又撒了校长一脸胡椒，学校不要他了。”

伊丽莎白端详着，思索着，踱起方步，咬起拇指。最终，她把抽屉拉开条小缝，把照片往里一塞，就合上了。

“他长得不怎么样，”她说道，“吉拉夫（这是吉拉德的爱称，意为“长颈鹿”），别累着保罗了；我要去妈妈房里了，要盯着那两个护工，她们可不好对付，老是喜欢做主，我眼睛一刻都不能离了她们。”

她半真半假扮起了贵妇，摆弄着头发，拖着“裙裾”优雅地退了出去。

4

有了医生的关照，日子过得如寻常人家。可这不是这两个孩子要的，他们有他们的世界，他们的节奏。达吉罗斯退学了，保罗也没兴趣去学校了。龚多赛中学对他来说，跟监狱没两样。

不过，达吉罗斯的魔力非但没有退去，而是如气球般越变越大，腾空而起，简直要飞起来了。他的惺忪睡眼，他的鬈发，他的厚唇，他的大手，他摔伤的膝盖，慢慢地，如天上星辰般游弋旋转。一句话，房里全是他的影子，照片进了百宝盒，达吉罗斯也成了个宝贝——一个摸不着的宝贝，被套上玄妙的光环，宛如神明；不用去学校，生病的日子与度假没什么两样，保罗享受着没了束缚的快感。

护工的好言相劝没能让乱七八糟的房间变样，反而变本加厉，犹如几天没扫的大街：东一堆西一堆的报纸，盒子一路排开，脏衣服堆成了山。如此“街”景，无愧为“病人之城”。直至万不得已，伊丽莎白才让洗衣店来取走“衣山”，倒些垃圾，还借机发通脾气。姐弟俩都不是好性子的主儿。

虽然每天一登门，劈头盖脸的就是粗言秽语，可吉拉德还是天天来；赔着笑脸，点头哈腰，只有他的好脾气才受得了如此待客之道。他习以为常了，甚至还有点乐此不疲呢。看着他面不改色心不跳，姐弟俩笑开了，交头接耳地说着什么，时而故作高深，时而噗嗤一笑，演开了双簧——吉拉德多傻，还充大英雄。

吉拉德心知肚明他们演的是哪一出。他挺倔的，耐着性子，搜索房间。虽然他们闭口不提，但两人的任意妄为还是会留下蛛丝马迹，他绝不放过。一天，他在镜子上发现了几个用肥皂写下的大字：自杀是死罪。

这断言可真够振聋发聩的，与壁炉胸像上的墨汁胡须有异曲同工之妙。姐弟俩对此视而不见，就好像已经用清水擦干净了这些肥皂字。但字迹犹在，是手足情深的印记。此情此景不足以与外人道。

一句话不称心，保罗就哭着与姐姐斗起了嘴。很快这对冤家就腻味了吵架，又重提旧话。

“哎!”保罗叹了口气，“什么时候我能有自己的房间……”

“我也想要自己的房间。”

“你的房间会干净吗?”

“肯定比你的好!”

“吉拉夫，你知道吗，他要在房里挂吊灯……”

“别胡说!”

“吉拉夫，他要在壁炉前放狮身人面石膏像，还有把古董吊灯漆成白色。”

说完，她噗嗤一声笑开了。

“我就是要它们，你懂个什么。”

“我嘛，不想再待在这儿；准备去住旅馆，箱子已整理好了。我要去旅馆了，就让他自生自灭吧！我不想待在这儿，这人不可理喻。”

伊丽莎白一吐舌头，一起身，踢开挡路的杂物，趿拉着拖鞋，就往外走。保罗对她啐了一口，只听得砰砰的关门声。闹剧落幕了，一如寻常。

有时，保罗会犯夜游症，只几分钟，也不厉害。伊丽莎白从不去惊扰他，只是好奇地盯着他。哦，怪病让怪人弃床而去。

夜里，伊丽莎白一见保罗伸腿下床，就屏气敛声，紧盯着弟弟像个活死人那样，在房里兜兜转转，时躺时坐，挺灵巧的，就是走路样子有点怪。

母亲的突然离世把他们从亢奋中拉了出来。他们很爱妈妈，虽然态度粗暴，那是因为他们绝没想到会这么快天人两隔。那天晚上，保罗下了床，这是休学以来第一次。没曾想又在母亲那儿和姐姐拌起嘴来，两人竟没发现母亲的异状，由此陷入了深深的自责。

那晚，护工在厨房忙着，姐弟俩从口角到武斗，伊丽莎白气得双颊绯红，想到母亲那儿寻求庇护。哪曾想迎面撞见的竟是位坐在轮椅上的陌生女人，看样子个子挺高的。这哪是妈妈啊，她张着大口，双目圆睁，直愣愣看着她。

她手臂僵直，十指死死扒在扶手上，一望便知妈妈是被突如其来的厄运夺走了性命，这正应了医生的预言。活生生的人瞬间成了冷冰冰的尸体，五官如同石膏像。姐弟俩从没有见过这一出，吓得脸煞白，面面相觑，孤零零的，无力回天。

这一幕刻骨铭心，他们将很难忘记。葬礼后，伤心和内疚使保罗旧病复发；吉拉德的舅舅和医生时不时托护工传来安慰话，但家里只剩下他们两个了。

母亲的猝死更激起思念之情，那毛骨悚然的情状常如闪电，惊醒美好的回忆。他们不谙世事，如璞玉浑金般，难过了一阵，也就淡去了。外人想他们是没心没肺的狗崽子，却没有想过这俩孩子还要活下去。不过他们家可不比寻常人家，总出奇事。母亲最后的样貌定格在姐弟俩眼前，如石棺般护着尸身，挥之不去，更添对在天之灵的忧思。或许每遇到大事，孩子记下的多半是最触目惊心的。

5

保罗的病复发后，幸好有护工玛瑞特悉心照料，才没有死过去。医生常来关心，看缺什么就留下钱，让他们去买；还嘱咐病人要静养，要吃得好；如没照办，还会生气。

伊丽莎白开始老跟玛瑞特唱对台戏，摆出一副主子相，时间久了，这个红脸膛、灰鬈发的忠仆感动了她。玛瑞特有个孙子，还在老家。这位大字不识几个的布列塔尼老人倒能读懂姐弟俩的心事。

看伊丽莎白和保罗野性难驯，正人君子会说这是家传，谁叫他们的父亲是个酒鬼，姑妈是个疯子。是啊，姐弟俩如带刺的玫瑰挺扎人的，还真让人抓瞎呢！淳朴如玛瑞特却能猜透这对小人精，从不去没事找事，倒也相处愉快。在这个家里，连空气都比外面轻盈，因为邪念没有藏身之处，就像细菌畏高、畏寒。他们如纯净的微风，满是生机，心中无半点陈腐、下作和卑劣。在玛瑞特的眼里，这对小精灵要的是包容和爱护。淳朴使她善解人意，能理会他们的特立独行。的确这两个孩子不简单，常常惊世骇俗，当然不是为了哗众取宠，而是无欲无求的自然流露。

姐姐说他是耍手段装病，根本没发烧，保罗以沉默对抗不公。

伊丽莎白生起了闷气，傲慢地一声不吭。很快，她就厌倦了这出哑剧，一转身，由后妈变成了乳母，还挺入戏的，绵言软语，轻手轻脚，小心翼翼地进出，怜惜起保罗这个弱不禁风的小傻帽。

她想做护士，就拜玛瑞特为师。一连几个小时，她把自己还有胡子墨黑的胸像关在小房间里，与纱布、棉签、别针和碎布为伍。接着，这尊怒目圆睁、绷带缠头的石膏像就成了流动的摆设。每次玛瑞特进屋，必先开灯，免得被暗处的“活佛”吓得半死。

医生没想到伊丽莎白会“脱胎换骨”，不由得称赞她能干。

这个倔丫头，这次更是假戏真做。这姐弟俩从没想过要呈现什么，也从不献媚，从不刻意。可他们的天地里满是遐想，让人好奇，吊人胃口。烦了两人住一个屋，想要自己的房间，可又不愿去母亲生前的那间。说真的，这主意，伊丽莎白倒是有过，但共处的快意较之死亡的阴影，她却步了，说是情愿房间小，能照顾弟弟。

保罗的病没见好转，还时常抽筋，只能整天靠在床头。他要说什么，伊丽莎白不想听，就用食指贴着嘴唇要他噤声，然后学着夜归的假小子，提着鞋子，蹑手蹑脚地走出弟弟的房间。保罗耸耸肩，没多问一句。

到了四月，他能下地了，可腿软站不稳。一看弟弟一下子高出自己大半个头，伊丽莎白可恼了，索性扮起了嬷嬷，待小弟如老翁，又是搀，又是扶，假惺惺地嘘寒问暖。

保罗看姐姐像变了人似的，觉得其中有诈，起初还有点茫然，不一会儿就盘算着如何在这次角力中占得先机。只不过，打小就玩在一起，他拿捏着分寸，不想太过了，这也正合着他病恹恹的性子。伊丽莎白跃跃欲试，一场决斗上演了，一场好戏开场了，正是旗鼓相当。

不知不觉地，伊丽莎白在吉拉德的心田扎了根。说真的，之前喜欢保罗，就老想去蒙马特街他们家，想看看保罗和伊丽莎白。一来二去，他移情别恋了——伊丽莎白已不再是小女孩，成了亭亭玉立的大姑娘，真可谓从两小无猜到情窦初开。

医生一声令下，不能去打搅病人。吉拉德就想了一招，要舅舅请姐弟俩去海边度假。舅舅还是单身，有个一官半职，不缺钱。他收养了吉拉德，因为寡姐一生下孩子就撒手人寰了。他一人抚养独苗吉拉德，也想歇歇，就点头同意了。

吉拉德原想会挨骂，没想到撞见的是“嬷嬷”和“宝宝”，还一反常态地谢个没完。他自忖别是这对人精又在玩什么把戏，要弄他。只见“嬷嬷”睫毛一眨，“宝宝”鼻子一抽。噢，明白了，这又是他们的双簧。吉拉德这局外人，不巧遇上了“戏眼”。下一幕“度假”就要开演，要是旅行时，顺着这个路子演下去，他们也能如此彬彬有礼，舅舅定会喜欢。

果不其然，舅舅还说他们乖巧伶俐，一点不淘气捣蛋。伊丽莎白极尽乖巧之能事：

“您晓得吗，”她作撒娇状，“我弟弟胆子有点小……”

“婊子！”保罗咬牙切齿地嘟哝了一句，接着就一言不发了。只有吉拉德侧耳听到这个“脏”词。

火车上，一切都那么新鲜，在他们眼里，车厢如皇宫，太奢华了；涉世未深的他们压抑着兴奋之情，显得落落大方，仿佛是这儿的常客。

只是车上的小床和他们家的没啥两样，两人异口同声道：“到了旅馆，我们就能每人一间房，一个床了。”

保罗躺着一动不动。夜灯下，伊丽莎白细看着他泛青的侧脸，自在家休养以来，保罗一蹶不振，更显懦弱；人倒是胖了，下巴也圆了，不似她清瘦矫健。这可不是好兆头，就像母亲说“保罗，你坐好了”或“手放在桌上吃饭”那样，她也唠叨开了“保罗是个双下巴”。他回敬了几句粗话，可还是忍不住跑去镜子那儿端详一番，自己求证一下。

去年，伊丽莎白在睡觉时用衣夹提着鼻子，想要塑造出颇具希腊古风的高鼻梁；现在，她往可怜的弟弟脖子上套了根皮筋，想蹬平双下巴，哪知勒出条红印。于是，保罗决计再也不以侧脸示人了。

如此折腾，倒不为取悦他人，只为乐在其中。

见不到达吉罗斯，不再有激情的肆意飞扬；听不到伊丽莎白，不再有斗嘴的活灵活现，保罗就要沉沦了。对于羸弱的他，伊丽莎白想得没错，这是雪上加霜。所以她不放过丝毫动静，暗暗地护着弟弟。她不喜欢小情小爱，不会斗心眼发牢骚；冰火两重天的她容不得半点温吞水，如圣人曰：胸中块垒一吐为快。她头上长角，也望保罗效之。第一次坐火车，隆隆轰鸣没让她感到新鲜，此时此刻，她贪婪地瞅着弟弟，长而密的头发，蓬乱如疯子的狂叫，在旅人的酣睡中飘荡。

6

终于到了，可旅馆客满，真扫兴，只有两间房了。舅舅一间，另一间在走廊尽头。三个小孩挤一间，先说保罗、吉拉德睡一块儿，给伊丽莎白在浴室里搭个床，最终是伊丽莎白和保罗睡在房里，吉拉德在浴室。

第一夜就大告不妙；姐弟俩都要洗澡，为了谁先下水，竟反目成仇，互揭老底，还拿门出气，临了还是个“鸳鸯浴”。热气氤氲，保罗活脱如海藻，嬉笑如天使。这可惹恼了伊丽莎白，来了个“踢脚惩戒”，还延续到第二天的饭桌上。桌上是笑脸相迎，桌下是暗战互斗。

这拳脚相向之战，是青涩少年路必有的一段，可爱得紧呐。舅舅在的话，姐弟微笑有礼。伊丽莎白不喜“自来熟”，看不上眼的就不搭理，可对好莱坞的艳星俊男，却痴迷得近乎疯狂，偶像的大头照贴得满墙都是。旅馆的住客让她失望，衣着不光鲜，容貌不漂亮，气度不轩昂。走来几个面黄肌瘦的小女孩伸长脖子，垂涎他们桌上的美味佳肴。头上挨了打，她们才回过神来，可还舍不得走开，扭过头来，反倒“欣赏”了一场“正人君子，脚下使绊”之战。

做鬼脸，夹鼻子，涂脂抹粉，奇装异服，她以此为美，以此为趣，如城里人垂钓，好玩而不沉迷。度假的房间每天有人收拾，干净是干净，可毫无温情和诗意，玛瑞特可不会这样。难怪孩子们想逃离这间“牢房”。三人一合计，唯游戏人间才能排遣郁闷。

在餐厅里，这游戏在舅舅的眼皮底下开演了。吉拉德怕得要命，因为伊丽莎白和保罗还没有暴露过真面目呢。

要玩并不难，做鬼脸吓唬那几个黄毛丫头就成，不过要等时机。耐心静候，良机来了——其中有个丫头，坐得不耐烦了，朝他们望去。见伊丽莎白和保罗做出鬼脸，小女孩先是一惊，立马回过头去。姐弟俩三番四次如法炮制，把小女孩吓得哭着告状去了。妈妈一看笑盈盈的伊丽莎白，回了个笑脸。小女孩挨了个耳光，坐好再不敢动了。撞肘庆胜，姐弟同心，笑得畅快。回到房里，爆笑不止，吉拉德更是笑得直不起腰来了。

有天晚上，姐弟俩做了十二个鬼脸没能放倒一个小丫头。这小丫头吃得饱饱的，才抬起头，乘没人注意，朝正离座的他们吐吐舌头。这招接得让他们大开眼界，兴致大涨。他们像猎人和高尔夫球手一样，迫不及待地欲重燃战火。小丫头挺能的，他们要换花样，设局要高妙。刚起了个头儿，姐弟俩就吵开了。

吉拉德求他们小声点，还有别忘了关掉水龙头免得浪费，别在水里屏气，别操着椅子追打，还乱喊救命。与他们熟了，就知道什么叫变色龙，喜怒无常是家常便饭。前一秒钟，两人还扭打在一起，后一秒，就会抱在一起，好得像一个人。姐弟俩能和平相处，吉拉德不知道该高兴还是该害怕。高兴是为舅舅和邻人，不用再受惊扰；害怕的是自己与伊丽莎白结盟，保罗会跟他对着干。

不久这游戏玩大了。旅馆、街道、沙滩、栈桥都成了他们的领地。伊丽莎白逼着吉拉德入伙。人手多了，可以分头行动——到处疯跑，到处乱爬，扮小矮人，笑脸怪相，搅得人心惶惶。大人们看得目瞪口呆，孩子们却兴趣盎然。打耳光、打屁股也无济于事，索性一甩手一跺脚，不带孩子出来散步了，待在屋里清静。这三个小瘟神无法无天，还想找别的乐子。

这乐子就是偷。吉拉德这个跟屁虫也不敢反抗。不为金钱不为财物，就想尝尝“害怕得要死”是啥滋味。他们跟着舅舅进了家商店，出来时一钱不值、毫无用处的玩意装满了口袋。他们的游戏原则就是：不许碰值钱的。一次，伊丽莎白和保罗逼着吉拉德去拿一本书，就因为这书是法文的。吉拉德讨饶，伊丽莎白放了他一马，不过要偷“一个很难的东西”，她命令道，“比如一把喷壶。”

姐弟俩给他套上大斗篷，可怜的吉拉德怕得要命，还得惟命是从。他那鬼鬼祟祟的神情和喷壶在斗篷下面鼓起了一块，看得五金店老板傻了眼，不敢信以为真。——“快走呀！快走呀！别愣着！”伊丽莎白低声道，“我们被盯上了。”出了店门，一到拐角，他们猛吸一口气，撒腿就跑。

吉拉德那天晚上做了个梦，梦见一只螃蟹爬到他肩膀上，狠狠地咬了一口。定睛一看，是五金店老板。他只好投案自首，进了监狱。舅舅剥夺了他的继承权……

他们的战利品：窗帘环、螺丝刀、旋钮、标牌、四十码的草鞋，像旅行纪念品那样堆在房间里；又像进不了保险箱的假宝石夺人眼球。

这三个天不怕地不怕的傻孩子，辨不清是非，这可是犯罪。伊丽莎白还好，没想太多，倒挺担心弟弟，希望这出“强盗”游戏别伤着他。的确，保罗受了惊吓，没了纯真的笑脸，变得凶神恶煞，到处游荡，口吐污言。真不知伊丽莎白还有啥法子来挽救弟弟。

他们回家了。没太流连大海，倒是这场风波让他们“长大”了十岁，玛瑞特都认不出来。孩子们送了她一枚“干净”的胸针。

7

自打回来后，他们如小舟出海，豁然开朗，肩膀宽了，心眼多了，行事更大胆了。

在孩子的世界里，冒险是常事，且花样百出，慢条斯理肯定吃不开，但也无需百米冲刺。

每次舅舅出差，去各地工厂巡查，吉拉德就睡在蒙马特街。几个靠垫一摞就成了床垫，几件旧大衣当被子。姐弟俩的床如舞台般高高在上，俯视着他。台上演的从来不是喜剧，剧情常始于对灯光的控制权——保罗的床在光线的笼罩下，太亮了。他就用块土耳其红棉布罩上，房间顿时沐浴在暗红中。伊丽莎白看不清东西了，发起火来，一起身，扯掉了布头。保罗又放回去；红布之争以保罗的胜利告终——他一把推开姐姐，重新罩上红布。真的，海边度假回来后，保罗在气势上压过了姐姐。见弟弟下床来，的的确确长高了，丽莎有点怯场。度假时的“精神疗法”收获了奇效，保罗不再病恹恹了。她枉然地说道：“我们家这位觉得一切都太棒了。电影太棒了，小说太棒了，音乐太棒了，安乐椅太棒了，石榴汁和杏仁汁太棒了。哎，吉拉夫，你知道吗！他让我反胃！你看，你看他，还舔着嘴！这个懒虫!”她不得不正视弟弟长大了，不再是她的小跟班。不用比，保罗已明显地超过她一头了。保罗的领地高高在上，手眼不费吹灰之力就能触及他的爱物。下面是伊丽莎白的地盘，要挖出自己的宝贝，就得低头弯腰，找夜壶似的。

不过没多久，她重振旗鼓，又开始磨人了。要说之前，她像个假小子，现在已是邻家有女初长成，且深知以柔克刚的妙处。她施恩于吉拉德，对他款款相迎。有吉拉德这个看客，她演起“保罗受难记”就更带劲了，因为有人捧场了。

屋里，有戏也要等夜里十一时才开演。只周日有下午场。

伊丽莎白十七岁了，一派妙龄少女的样儿；不像保罗看上去老成，十五岁倒像二十岁。他出街，他游荡。他看太棒的电影，他听太棒的音乐，追太棒的女孩。女孩越是放得开，越是好上钩，他更觉得她们太棒了。

回到家，他就把艳遇细诉一番，也不藏着掖着，一吐为快，没有丝毫的惺惺作态，确有十分的率真和执拗。姐姐问这问那，时不时讥笑一番，摆出一副不屑状。忽然，一个无关痛痒的细节刺痛了她，立马严肃起来，抓起报纸，翻开版面，躲在后面一字一句看了起来。

保罗和吉拉德常夜里十一二点见面，约在蒙马特附近的小饭馆露天座；然后一起回来。伊丽莎白在门厅来回踱步，候着大门，等得烦心死了。

砰！一听大门重重地关上了，她就跑回屋里，拿着锉甲刀，坐了下来。

他们见她坐着，箍着发带，舌头微吐，在修指甲呢。

保罗脱了外衣，吉拉德换上便服；各就各位，各司其职，三声开场锣敲响了。

要知道，戏中人，无论主演还是配角都没有“演戏”的想法。正是这纯真的演法让“剧情”总带着朝气。连他们自己都没想到，戏里（或叫“屋里”）荡漾着神话般的气氛。

土耳其红布下，戏台上一片绛紫朱绯，影影绰绰。保罗一丝不挂，铺好床，叠好被，筑枕台，在椅子上摆好道具。伊丽莎白抿着嘴，左肘支着头，如皇后般神色凝重，盯着弟弟；右手拼命挠着头皮，接着抹上发膏，罐子就在长枕上放着。

“傻姑娘!”保罗开口说道。

“瞧瞧这傻姑娘和她的发膏，没什么比这更恶心的。从报上看来，美国女明星这么梳头、抹油，就以为这会对头皮有好处……”

“吉拉德!”

“什么!”

“你在听我说话吗?”

“听着呢。”

“吉拉德，你真好，愿意留这儿。睡吧，别理他。”

保罗两眼冒火，咬牙切齿。一片寂静。伊丽莎白含情脉脉看着吉拉德靠床沿躺下，试了几个睡姿，不太舒服，他就起身理了一下褥子。

一旦停当了，就休想让他挪窝。他只想躺下，像法老那样，赤身涂上香料，裹上层层布条，周身放着好吃的，好玩的；他要去幽冥之地了。

伊丽莎白候着场，让人难以置信的是这四年来，演的是同一出，除了些许细节，几乎毫无二致。每个晚上，好戏重现。这三个野孩子顺着无名的脚本，演着可怕的戏剧，如同黑夜之手拢紧花瓣般诡秘。

细节之变，始作俑者常是喜欢让人大吃一惊的伊丽莎白。一旦抹好头油，她就弯腰趴在地上，从床底拖出只水晶盘，里面装着小青虾。玉臂环盘，紧贴胸前，贪吃的眼神在弟弟和美食之间游弋。

“吉拉德，来只虾？要的，要的！过来，过来嘛，嘴都鲜歪了。”

她知道保罗吃东西爱加胡椒粉、果酱、芥末。只要抹到面包干上，他就嚼得下。

吉拉德起身下地。他不想惹她生气。

“下流坯!”保罗低声骂道。“她不吃虾的。她不吃胡椒粉的。她装的；她故意说这虾鲜。”

青虾这出好戏就一直演下去，直到保罗忍不住了，求姐姐赏他一枚小虾。她任其求情，就是不放过这个馋虫。

“吉拉德，您知道天底下有比这人更贱的吗？这个十六岁的小崽子为只小虾摇尾乞怜。你看着，他会四脚着地，爬着过来。别！别递给他吃，要他站起来，自己过来拿！太恶心了，这个娘娘腔馋得要死，到最后硬是没挪动半步。不会给他吃的，尽给我丢脸……”

接着就是一出独角戏。这通独白，只有在伊丽莎白身心畅快的晚上，发了善心，才会站到高处，诵读一番。

保罗要么堵耳不听，要么高声读书。圣西蒙、波德莱尔都是他的座上宾。姐姐言毕，他就说道：

“吉拉德，听我念这段：

我就是喜欢她，才不管她花花绿绿的裙子，

还是她披不正的围巾，还是她没头绪的言说，

还是她低窄的额头。”

他吟诵着诗，未曾料想这倒让满室生辉，给伊丽莎白添姿。

伊丽莎白拿起报纸，学着保罗的声音，念起了小道新闻。保罗嚷道：“别念了，够了！”姐姐没停，还声嘶力竭喊了起来。

趁“女疯子”被报纸遮着，看不到东西，他就腾出手，操起杯子，将牛奶狠命地朝她洒去。吉拉德没来得及阻止。

“卑鄙小人！恶棍！”

伊丽莎白气得说不出话来。报纸像块湿抹布，粘在胸前，牛奶滴答。保罗的如意算盘落空了，她没哭，忍住了。

“瞧，吉拉德，”她说道，“您能帮我一下吗，拿条毛巾

来，拧拧干，把报纸拿到厨房去。我，”她轻声说道，“正要给他吃青虾……您要来一枚吗？小心，牛奶滴下来了。您找到毛巾了吗？谢谢。”

保罗睡意渐浓，嘴也不馋了，可青虾这出戏还没结束。他真的想睡了，他食欲全无，轻飘飘地，蜷缩着要入梦乡了。

此时伊丽莎白有了用武之地，她要使出浑身解数，不让保罗睡过去。老不给青虾，保罗也不上钩，她只能起身坐到弟弟床边，水晶盘放在膝上。

“来呀，小坏蛋，我又不吃人。给你，你想吃的虾。”

小可怜从睡意中直起身来，头沉沉的，眯着眼睛，喘着气。

“来呀，吃呀。你要还是不要。还不吃，那我不给了。”

保罗和半死不活没啥两样，他微启双唇，想要重回阳间。

“睁眼看了，你就会信的。哎！保罗！在这儿！你的虾！”

她剥开虾壳，往弟弟的牙缝里塞。

“看，吉拉德！你看呀，他梦里嚼食！真是奇了。馋猫！太恶心了！”

伊丽莎白兴致勃勃，这种整人的活计，她是内行。她鼓起鼻翼，吐出舌尖，弓着背，耐着性子，沉着脸，像个给死婴填食的疯婆子。

这一幕够耐人寻味，可吉拉德只记住了：伊丽莎白对他以“你”相称了。

第二天，他试着还以“你”。原以为会挨耳光，没想到，她也“你”来“你”去。吉拉德听了，浑身骨头都酥了。

8

夜场拖到凌晨四点才结束，那早上醒来也就晚了。临近中午，玛瑞特端来牛奶咖啡。没人喝，全冷了，大家又睡过去。第二觉了，奶咖还是没人垂青。第三觉了，还是不起来，奶咖在碗里结“衣”了。临了，他们让玛瑞特去楼下刚开门的夏尔咖啡馆，搞了点三明治和开胃小食。

像玛瑞特这种从布列塔尼来的农妇，肯定喜欢厨房一应俱全，一尘不染。既然她的那套管家法使不上劲了，也就乐得顺着孩子们。

有时她也不让步，硬把他们押上饭桌，逼着他们吃饭。

伊丽莎白没换睡袍，就披上大衣，一屁股坐在椅子上，一手托腮，支在桌上，作静思状，全是模仿古希腊女神的。保罗穿着单衣，也不好好坐着，双腿左右摇晃。两人无声地吃着东西，像马戏大篷车里的小丑，静候着登台献艺。

白天他们无所事事，太空虚了，过得有气无力。夜色像一阵风，把他们拽回了房里，又开始生龙活虎。

玛瑞特打扫房间时不让“原貌”走样。下午四五点，她在转角的洗衣间里做针线活。走之前，还准备好夜宵。此时，保罗还在空荡荡的街上找寻着波德莱尔笔下的“流莺”。

伊丽莎白独自一人了，向隅而立，摆出一副满不在乎的样子。就算出门也只是买点“奇花异草”，一回来就将它们藏好。从这个房间晃到那个房间，那间“死”屋让她恶心，那个女人与活在她心里的妈妈根本就不是一个人。

日近黄昏，不安更甚。她还是走进了那间死气沉沉的屋子。她孤零零地、直挺挺地站在屋中央，如孤舟上的渔家女，直视着前方，垂着双手，夜色吞噬着周遭。

9

这世上，总有些人家、有些活法让常人目瞪口呆，看似十几天就要垮台的乱摊子能几年不倒。虽说这些人家、这些活法未必合乎情理，可为数不少。更出人意料的是，他们的日子没过不下去的，而且过得还不错。常言道：事所必然；如果此言不虚，这“必然”就是万劫不复的死亡。

大千世界无奇不有，特立独行为其魅力所在。轻狂悲悯之人行事多变，令人惶恐。多半因其发端之作多为幼稚之举，人皆以为游戏而已。

在蒙马特街，一晃已过了三年；虽岁月周而复始，却未有倦怠之感。伊丽莎白和保罗如双生子般形影不离，姐弟俩时而亲昵，时而冷战，如孩子般活在自己的天地里。吉拉德恋着伊丽莎白。每隔两周，下了“夜戏”，伊丽莎白就收拾行李，说是要去住旅馆。

他们的夜晚依然风生水起，他们的白天依然萎靡不振。悠长的午后，他们如鼹鼠般目光呆滞，如残骸般失魂落魄。伊丽莎白与吉拉德时不时出双入对，保罗就借机流连花丛。但对外面的所见所闻，他们倒不据为己有，而是依着惯例，带回他们的天地里，酿出好“戏”。

虽没了至亲，他们活得与世间格格不入，却从未有过“生命是一场争斗”的念头；命运对他们“睁一只眼，闭一只眼”，眷顾着他们。在他们眼里，医生和吉拉德舅舅的接济也是理所应当的。

富足是一种姿态，贫贱也是一种姿态。暴发户爱炫富，殊不知奢靡之粗俗。看尽富贵之人不为财富所动，即便横财梦中飞来，醒时亦视而不见。

他们过着如智者所言的“闲情逸致偶有劳作”的日子，不经意中反抗着“伤风败俗”的偏见。

前程、学业、高官、钻营在他们眼里还不如草原牧羊，何必不舍那些身外之物。报纸上，他们看的多半是杀人越货的消息。他们不会是“套”中人，反是捅破“套”子的那类人；他们更像纽约客，求新求变；宁愿远观巴黎，而不愿久驻其间。

照这理儿，常理决计改不了伊丽莎白的脾气，可吉拉德和保罗觉得她变了。

她要找份活儿干，说是受够了这像女仆的日子。保罗爱干嘛干嘛去。十九岁了，整天萎靡不振，这日子一天都过不下去了。

“你知道，吉拉德，”她老调重弹，“保罗手无缚鸡之力，整天无所事事，啥也不懂，是头蠢驴，一个笨蛋。我得自救。还有就是，我不找活儿，他怎么办？我要去找活儿，要谋个差事。一定得这样。”

吉拉德懂了。他也是刚明白过来，她要玩新花样了。保罗有点倦了，要“出窍”了，灌入耳膜的都是姐姐低声的诋毁。

“小可怜，”她接着说，“得帮帮他。你知道他病得不轻。医生……（别，别去碰他，他睡着了），医生说的让我挺担心的。想想，一个雪球能把他掀翻，接着就上不了学了。这不是他的错，我没一点怪他的意思，可要知道我手里抱着的可不是个‘省油的灯’。”

“太坏了，真是太坏了！”装睡的保罗气得脸都抽筋了。

伊丽莎白一看这情形，立马闭上了嘴，真是个有经验的“刽子手”，转而问起吉拉德怎么想的，像是怜惜起保罗来了。

吉拉德不以为然，保罗的脸色不错啊，个头不小，也挺壮实的。她回说的尽是弟弟的缺点，什么软弱，贪吃，病病歪歪。

保罗实在是忍无可忍了，翻了个身像是要醒了；她柔声问他要点什么，顺势转了个话题。

保罗今年才十七岁，不过自打去年起，他就自称二十了。虾米、糖果之类的，已看不上了，逼着姐姐翻花样、上档次。

装睡的把戏没什么光彩，保罗宁愿干一仗。他吼了起来，伊丽莎白倒苦水就是在辱骂他。难道四体不勤就是罪过，就十恶不赦了吗？他就是要缠着姐姐，要她养一辈子。

伊丽莎白也不示弱，索性装疯卖傻，吹起牛来，就像头啥也不会、一无是处的母驴。

面对不断的挑衅，伊丽莎白要反击了。既然说要找活儿，就要做到。她求吉拉德跟他认识的服装店女老板打个招呼，让她做个售货员，她就可以自食其力了。

女老板见了吉拉德带去的伊丽莎白，顿感惊为天人。不过售货员可不是好当的，要会做买卖。那就做个模特吧。店里有个叫阿加莎的孤女，正好做个伴，带伊丽莎白入行。

售货员、女模特，在伊丽莎白眼里是一码事。让她做模特，反而更好，也算是登台表演，就这么定了。

这事就算成了，可未必是好事。

先是伊丽莎白未卜先知：

“保罗会被毒死。”

这回可不像是做戏，倒像是中了邪，只见保罗振臂高呼：他宁愿她去“站”马路，也不想做“木头人”的弟弟。

“行啊，我才不在乎呢，”伊丽莎白反唇相讥，“说不定我们还能在马路上遇到呢。”

“你也不照照镜子，可怜虫，”保罗冷笑道，“你肯定会出洋相的。不出一小时，别人就会踹你屁股，把你赶下台。模特？投错胎了吧。你这个丑八怪该去扮妖怪。”

后台模特们聚在一起，犹如开学第一天的教室，忙乱紧张。伊丽莎白自认为是只丑小鸭，心想别砸锅就好了。走出昏暗的后台，聚光灯下，众目睽睽，小荷初露、落落大方的新人让那些涂脂抹粉、懒洋洋的模特儿自惭形秽。伊丽莎白不理会冷嘲热讽，她们这是嫉妒；碰到就装没看见，转过头去。时间一长，孤立的滋味可不好受。于是伊丽莎白试着学她们的样儿，走近一女客，像是要跟人讨个说法，又猛地傲慢地回转身去。这样干活可不行。不再给她穿最漂亮的裙子了，她成了阿加莎的替角。

两个孤女似命中注定要相识，伊丽莎白还是第一次结交女伴，两人可谓同病相怜，惺惺相惜。换装的间隙，她们白袍裹身，窝在皮沙发里，翻翻新闻纸，说说体己话，暖暖心田儿。

说真的，正如两个看似相去甚远的零件，倒能装配得严丝合缝，阿加莎也不费吹灰之力地入了“伙”。

伊丽莎白原以为弟弟会不太愿意，就先说道，她的名字就是个玻璃球儿①。保罗倒一本正经起来，说这可是个好名字，Agathe 跟 frégate（意为“军舰”）同一个韵脚，这两个词在一块儿肯定会是首好诗。

① 阿加莎的法语是 Agathe，和意为“玛瑙”的法语单词 agate 同音。

10

正应验了异性相吸之说，前有吉拉德从保罗移“情”至伊丽莎白。现在，阿加莎从伊丽莎白转念到保罗，也就不难理解了。一见到阿加莎，保罗就心如鹿撞，却不知为何，只将孤女视为悦己之人。

而且还把对达吉罗斯的痴梦，糊里糊涂、一股脑全放到了阿加莎身上。

一晚，伊丽莎白带阿加莎来家里，他有了个惊人的发现。

姐姐给小妹献宝，阿加莎抢过亚她利雅的剧照，叫道：“你们有我的照片?”这喊声让愁眉苦脸的保罗抬起了头，像信徒般托首凝神。

“这不是你的照片，”伊丽莎白说道。

“哎，是的，穿的不一样。但真是不可思议。能把这张照片给我吗？太像了。太像我了，太像我了。这人是谁？”

“妹妹，这是个男的。就是那个龚多赛中学的，用雪球砸保罗的……的确你们俩有点像。保罗，你说，阿加莎是不是跟他有点像？”

说真的，不但长得像，还有种说不清的神似。

这张给保罗带来不幸的脸庞，吉拉德记得一清二楚。阿加莎挥动着照片，转向保罗。暗红灯影下，保罗仿佛又见达吉罗斯手拿雪球，心头猛挨了一拳。

他不由得低下了头：

“只是照片有点像，”他有气无力地说道，“你们俩根本不像。”

这不是在扯谎吗？这明摆着的，他们俩真的很像。吉拉德不安起来。

实际上，保罗是不想去触碰自己内心火山的岩浆；它们被深埋着、珍藏着；碰了，会让他手足无措。他就这样飘飘然地立在这火山口，让弥漫的蒸汽包围着。

从这晚起，犹如两股纺线，在保罗与阿加莎之间织起了纽带。时间如复仇女神，掀翻一切特权，连那个让保罗为情所困到伤心不已、不可一世的达吉罗斯也被一个羞涩少女取而代之，保罗要君临天下了。

伊丽莎白把照片往抽屉里一扔，第二天它又出现在壁炉上了。她皱皱眉，没提只字，心里盘算开来。不知怎地，灵光一闪，她觉得保罗贴在墙上的画片——侦探、恶棍、电影明星全都跟孤女阿加莎和亚她利雅长得一个样。

不知为何这让她心烦意乱，让她喘不过气来。她心说，想不到，原来他对自己还藏着掖着呢。既然他玩虚的，那我就奉陪到底。她会接近阿加莎，不再对保罗上心，不再对任何人推心置腹。

的确，这些画片全长得一样。要是有人这么说，保罗肯定会吃惊的。原来在不知不觉中，他追寻着同一个人，连他自己都没想到。这个人暗暗地牵引着保罗，而伊丽莎白对弟弟又是那么在意。这双重影响犹如两条势不两立的直线，压制了姐弟俩剪不断理还乱的关系，但这两条线最终会汇聚在一起，如同古希腊建筑的三角楣。

阿加莎和吉拉德常来常往，屋子也没好好收拾，简直成了吉卜赛人的帐篷。屋子就像马，没人骑不怕，就怕遇上流浪小孩。伊丽莎白提出让阿加莎搬过来住。玛瑞特让她去住“妈妈的房间”。那间空屋，一入夜，一想起，一看到，一走进，就令人伤怀。这事阿加莎不知情，就不会有此等感受。打扫一下，装上灯泡，晚上睡那儿没问题。

吉拉德帮着阿加莎搬来几件行李。她对这儿的一切早已习以为常了，包括：晨昏颠倒、吵架拌嘴、重回平静、楼下夏尔咖啡馆和它的三明治。

吉拉德接了下班的阿加莎和伊丽莎白，三人要么上街溜达，要么就回蒙马特街。玛瑞特给做了冷食当晚餐，他们也不上桌吃，到处走动，害得玛瑞特第二天一来就得收拾满地的蛋壳。

保罗想着好好抓住上天给的机会，可学不像达吉罗斯，耍不出威风，他就使出惯用的伎俩——对阿加莎恶语相向。伊丽莎白看不下去了，便反唇相讥。其实保罗只把阿加莎当枪使，为的是让姐姐难受。于是乎，这四个无父无母的孩子各得其所：伊丽莎白要对付更错综复杂的问题，吉拉德终于可以喘口气了。阿加莎被保罗的桀骜不驯迷得神魂颠倒。至于保罗，根本不是达吉罗斯这款的，若不是为了借着阿加莎灭姐姐的威风，才不会如此蛮横无理，如此“魅力”四射。

做了保罗出气筒的阿加莎，反倒挺享受。因为她明白这个家里有电光石火般的爱，再激烈的争吵也会烟消云散。青春的芬芳让人生机勃勃。

阿加莎的父母都是瘾君子，从没好好待过她，最后开煤气自我了断了。同楼住的、一家时装公司的老板收留了她，引她见了时装店老板娘，先做助理，再做模特儿。在那家店里，她什么滋味都尝过——挨打、辱骂、恶作剧。这个家的一切改变了她；他们如拍岸惊涛，凛冽寒风，灼人闪电。

她的确变了，可吸毒的父母让她太早看到了人世之苦——冷肉充饥、毒瘾难戒、生活拮据、威胁逼债，好好的家给毁了。其他年轻女孩会反感蒙马特街这个家的一切，可她不会一惊一乍。在她的眼角鼻翼，艰难的过去、严酷的生活留下了痕迹——几分难驯的野性，颇有达吉罗斯的神韵。

到了蒙马特街的这个家，她仿佛从地狱重返人间。她呼吸了，她真正地活了。她什么都不怕了，就担心她这三个朋友会沾上毒品。因为他们的举止行为多受制于人性中的毒药——妒嫉；有了这剂毒药，他们才能尽兴。

不过有时他们也会失去控制，发起狂来，把家里搞得不成样子。这时，阿加莎就会忧郁伤心，自问道，这剂令人难以琢磨的毒药，虽是天生的，可也同样吃人；难道一旦碰了它，都会与自己的父母同样的结局，开煤气自取灭亡？

想到这儿，她“咯噔”一下，疑虑重重；好在他们“高烧”后，家里恢复了太平，阿加莎也就安心了。

可这毒剂（妒嫉）还在，伊丽莎白和保罗一出生，这神秘的因子就在他们的血液里流淌。

毒瘾一旦上来，家就变样了。这风云突变，这步步沉沦，这周而复始，绝非一蹴而就。这堕落是麻木的，依然激起阵阵不安。心慌了起来；还好没有恶化下去，反倒逆势而动，慢慢换了新气象。

做戏在伊丽莎白的生活中是越来越没位置了，保罗也是一样。吉拉德被伊丽莎白深深地吸引了，更是无心做戏。姐弟俩试着挽回颓势，可覆水难收，这让他们恼火。他们不能出窍了，他们的梦境被搅扰了，被惊醒了。其实，他们是找到了另一条路，要与以前放纵自己的游戏决裂。这条新路，他们称之为“消遣”，就是要挖掘自己的内心。让自己沉下去是一门学问，这几个孩子还没这本事；就像把拉辛的悲情故事拉到凡尔赛宫里，安在参加了巴洛可聚会的情色男女身上，这肯定要乱套。新“消遣”会让他们撞上种种迷径暗道和虚情假意。“见鬼！该死！”保罗怒吼道。大家都抬起了头。老是睡不着，保罗才这么气急败坏。脾气一上来，就脱口而出了。都是因为惦着阿加莎的一举一动，才会难以入眠——都怪她，把火全发在她身上。为何要骂人呢？很简单，就是提醒自己和姐姐——阿加莎的存在。伊丽莎白那头，胡思乱想多了，难免想绕开苦闷，逃离困境——正好抓住这个机会，走了出来。她被弟弟的“爱恨情仇”蒙蔽了，心说：“阿加莎让他讨厌，就是因为她像那个人。以前保罗对付难题还挺机灵的，可对付阿加莎，他就太笨了，只会开口伤人。”

嚎多了，嗓子还能不哑？话不投机半句多，索性不说话了。现实把他们的“斗士之梦”践踏得四分五裂，掀翻了自由自在、天马行空的童年生活。

那天，是异于常人的直觉，还是心灵的召唤，让伊丽莎白的手迟疑了，没扔掉达吉罗斯的照片，而是放进了“百宝盒”。正是同一种直觉、同样的召唤让保罗喊道：“我们留下它吧？”惊慌的声音不像是个病人发出来的，倒像故作镇静的小偷在编造谎言为自己开脱。难道照片不会伤人吗？伊丽莎白无关痛痒地收进了照片，满不在乎地离开了房间——就是要装作自己对什么都一清二楚，这样才唬得住他们，免得他们在她背后捣鬼。

不是吗，无声的抽屉慢慢地、无情地揉碎了那张照片；保罗，逃不出阿加莎的五指山，已经把她看成了那个“神奇”的雪球——这也没啥奇怪的。

第二部

11

几天来，家里可是“风雨飘摇”。保罗受尽了折磨，伊丽莎白明一句暗一句，似乎想说要发生件美事（她坚持用这词）了，可跟他不沾边，其真意圈外人恐难会意。阿加莎成了她的姐妹，吉拉德是她的战友。一旦他们俩言语中露出破绽，伊丽莎白就立马挤眉弄眼，喝止“暗语”。没曾想，这套把戏管用，保罗还真上当了，心急火燎地想要一探究竟。不过，自负的他没去打搅吉拉德或阿加莎；他知道伊丽莎白下了“禁口令”，一旦他们漏了口风，这朋友就没得做了。

伊丽莎白为三人组起名：异人行。保罗心痒痒的，盯着他们的一举一动，终于发现了：一个体格健硕的年轻人和吉拉德一起在时装店门口等姐姐和阿加莎，一下班他们就上了同一辆车，绝尘而去。

“夜场”更是高潮。在保罗嘴里，姐姐和阿加莎成了令人作呕的荡妇，吉拉德是拉皮条的。家，待不下去了，她们要把男人带回来的。模特儿跟妓女没啥区别，而且更下作，这不是明摆着的嘛。姐姐简直是条发情的母狗，还带坏了阿加莎；吉拉德嘛，对，他就是那个幕后指使人。

尽管伊丽莎白心平气和地说了：“吉拉德，别理这个怪人，他……”阿加莎还是哭了，吉拉德气呼呼地解释道，这年轻人是他舅舅的朋友，叫米盖尔，一个美国犹太人，很有钱。他们仨正打算不再拿保罗寻开心了，介绍大家互相认识一下。

保罗怒喊道，他才不想认识这个犹太人；要是见了，非抽他不可。

“这就是你们的好心，”他眼冒凶光，冲着姐姐嚷开了，“你和吉拉德带坏阿加莎，让她去给那个犹太人投怀送抱；你们是不是想把她卖了！”

“亲爱的弟弟，您完全搞错了。”伊丽莎白开口了，“我要善意地提醒您，您看走眼了。米盖尔是冲着我来的，他要娶我，我也挺喜欢他的。”

“娶你？娶你，就你！你疯了吧，也不照照镜子，又丑又蠢，没人会要你！就你这傻样，他是在耍你吧，在跟你闹着玩吧！”

接着他抽筋似的笑了起来。

伊丽莎白心里跟明镜似的，对他们姐弟俩来说，是不是犹太人根本不是问题。她就是喜欢保罗笑成这德行！瞧他下巴都冒着杀气！太妙了，把保罗惹急了，就开心舒服，心儿跳得似要蹦出胸口。

第二天，保罗就后悔了，干吗如此口不择言，过分而可笑。原来美国佬眼馋的不是阿加莎，“伊丽莎白想嫁谁就嫁谁，这是她的自由，我才不在乎呢。”他自忖道；不过自己为何发那么大的火呢？

慢慢地气消了，他也就依着他们，见见米盖尔吧。

米盖尔与他们太不一样了，以至于这三个孩子都没把他迎进家里来。他是个彻彻底底的外人，与他们的家格格不入。

终于见了真人；以前只知道他很有钱，是个赛车迷。

这“男一号”驯服了保罗的戒心。保罗不再抵触了，反而有点着迷。五个年轻人整日开车游荡，只是到了晚上，米盖尔要按时就寝了，他们才回家。

米盖尔人虽不在“夜场”中，可他们会想着法子把他加进戏里，塑造一个完美的“戏中人”。

第二天大家重聚，米盖尔明白了，那四个人眼里是滴了《仲夏夜之梦》中的魔汁，对自己着魔了。

“为什么我不嫁给米盖尔?”

“为什么伊丽莎白不嫁给米盖尔?”

看样子好事将近。这也太快了，有点荒唐，就像用了望远镜，忽然把远处的东西拉到了眼前。

只有吉拉德没那么上心，没那么昏头。他从来没敢想要得到伊丽莎白这个“圣女”，这个未卜先知的“圣女”。应该就像电影里那样，一个年轻的赛车手不顾“圣地”之诡异，毅然带走了“心上人”。

他们依然我行我素，也没忘了筹备婚事——一种让人揪心的平衡，就像架着一叠椅子的小丑来回于舞台和剧场，还必须竭力维持着平衡。

一种令人眩晕的揪心，这可不是那种恬淡的揪心。他们是可怕的孩子，此时他们心乱如麻，五味杂陈。

米盖尔不像他们那么多心眼。大家原以为能与“圣女”订婚，会让他受宠若惊。可对米盖尔来说，只不过是喜欢上一个漂亮女孩，就顺理成章地结婚了。他会笑着把公馆和几辆小车送给妻子，还有他的财富。

伊丽莎白的房间置备的都是路易十六风格的家具。客厅、琴房、健身房、游泳池和宽阔的楼厅。这楼厅有些不伦不类，像是书房或饭厅，又像是桌球房或练剑房；窗子很高，盖过了树梢。阿加莎也要住过去了，伊丽莎白在楼上给她留了间房，就在自己房间上面。

想到要走，阿加莎难过起来了，还偷偷地哭过——蒙马特街的这个家有股神奇的力量。保罗留下不走，漫漫长夜如何度过？姐弟俩从未分开过，两人之间似有“神力”。

这次真的要分开了，要别离了，要落单了。他们俩还没想到这些，他们俩还没想到后面的路；或者说不像编戏那么投入，不像演戏那么倾情。吉拉德认命了，阿加莎听保罗的。

保罗说道：

“这倒挺好，要是舅舅出差了，吉拉德就能住阿加莎的房间（原是妈妈的房间，他们不再这么叫了）；如果米盖尔不在，她们女孩就能回来住了。”

看来保罗对这门婚事不那么热心，还在用“女孩”这词。

米盖尔想说服保罗也搬来新房住。他不愿意，情愿独自留守。米盖尔就与玛瑞特商量，负担起蒙马特街的所有开销。

结婚仪式倒不繁复，来观礼的大多是新郎的董事朋友。米盖尔想趁着伊丽莎白和阿加莎安顿新家之际，去普罗旺斯的埃滋镇出差一周，那儿的建筑师正等着他拿主意呢。

他驾着跑车走了。回来后，才是真正的两人世界。

可幽灵还醒着，就在蒙马特街。

还需多言吗？从尼斯到戛纳的公路上，出了车祸，米盖尔死了。

跑车贴地疾驶。他围着条长丝巾。没曾想飘起的围巾卷进了车毂，如吊绳把他活活勒死了。失控的车子直冲树丛，来了个倒立；死寂中只见一个车轮在空中旋转，活像赌场里的轮盘。

12

遗产继承、签字画押、董事会议、黑纱白花把伊丽莎白搞得疲惫不堪。要知道对于她，与米盖尔的婚姻止步于一纸文书。吉拉德的舅舅和家庭医生现在是不用掏腰包了；不过还得出力，而且未必轻松。伊丽莎白把千斤重担全卸在他们身上了。

和董事们一起开会，他们列了支出、清账目，结出款项皆为出人意料的天文数字。

姐弟俩虽不是富家子弟，对到手的遗产却不那么上心，颇有些视金钱如粪土的高姿态。车祸发生后，他们变了。那条活灵活现、置人于死地的围巾引领着米盖尔走进了他们的心门。生时简单透明的米盖尔，他们未必当回事；一场生离死别后，米盖尔人不在了，反倒跟他们成了一家人。

蒙马特街。阿加莎走了，保罗一人独守，与姐姐争来的形单影只让他难以消受。彼时自视甚高，清静倒是美事；当下已是索然无味，皆因少年钟情。

虽不知情为何物，求来的孤单没让保罗舒心，反让他空落落的。借说身子萎靡，搬去姐姐家了。

伊丽莎白让他住米盖尔的卧房，两人就隔了个大浴室。米盖尔从美国带来的黑人管家和三个黑白混血用人都不愿留下，回去了；司机没走。玛瑞特找了个同乡作帮手。

保罗一住下，他们的天地又回来了。

阿加莎一个人睡楼上害怕……保罗在大床上也睡不实……吉拉德的舅舅常要去德国出差……于是乎，阿加莎挤到伊丽莎白床上了，保罗扯下铺盖，在长沙发上安营扎寨，吉拉德用几块厚方巾作垫背。

于是蒙马特街的那个家又在这儿重生了，连死了的米盖尔也“住”了进来。吉拉德没想错，这世上任何人都休想得到伊丽莎白，无论是他还是米盖尔，她是不可侵犯的“圣女”。爱让他明白了，有个将他与爱隔绝的禁区。谁侵入这个领地，就是自寻死路。退一步，就算米盖尔拥有了伊丽莎白，但也推不开她的心门。只有死亡才能让他得逞。

13

没忘记吧，米盖尔的府邸里有个既像工作间（或桌球房），又像吃饭间的楼厅。各样家什拼凑在一起，也不知到底干什么用的。右边地面到墙角，铺着亚麻地毯，有些地方露出了油毡。一进楼厅，左首有张饭桌，孤零零的；几把椅子和几面软木屏风，正好可随意放置。屏风另一侧就是那个工作间，长凳、皮椅、书架、地图，中间是另一张桌子，挺大的，桌上有盏反光灯，也是这厅里唯一的光源。

几把摇椅，一张台球桌，空空荡荡，更显寂寥。天花板上，窗玻璃投来片片光影，斜射在地上的月光仿佛舞台上的脚灯。

仿佛在静候着划过黑夜的提灯，吱呀作响的窗棂，蹑手蹑脚的步子——别是家里进贼了。

这样的静，这样的影，似又回到了那个下雪天，那个蒙马特街的沙龙和空悬的“天”幕；还似回到了雪仗前，银花覆盖下的蒙蒂耶公寓，精巧如画廊。同样的寂寞、同样的期许和同样素裹的高窗。

这楼厅像是建筑师的败笔，盘算时没想到厨房或楼道，醒来已成定局，为时已晚。

米盖尔修缮屋舍时，也曾想把这楼厅改造一番，没成。奇怪的是它哪儿也不通，可总能走到这儿。别说，在米盖尔眼里，失算未必是坏事，倒是一线生机；机械式的日子不再一味前行，反添了人间烟火气。在这座暮气沉沉的府邸里，在这条“死胡同”里，生命的灵气倔强地跳跃着。周遭是混凝土和钢筋，冷冰冰的样子，这楼厅如落难公主，仓惶出逃，细软凌乱，偏安于此。

细观府邸，人们不禁赞叹：“毫无过奢之笔，简之又简。于富豪之家，甚是少见。”性喜纽约城之流必不屑这楼厅，但未曾想它却颇具美利坚之风格。这一点连米盖尔都没意识到。

纽约城由这座楼厅娓娓道来——占星术、神智学、基督科学教、三K党、刁钻莫测的遗言、死气沉沉的聚会、轮盘赌、爱伦·坡笔下的梦游人。这城里筑楼的钢筋大理石都不及其九牛一毛。

它就像疯人院的会客室——亡灵重现，遥示死期；或正中犹太人下怀——教堂、神殿、空中露台上焚香抚琴的女眷。要知道，较之世上任何一座圣城，纽约城的香火是最旺的，绝对胜过卢尔德城[1]和罗马。

这楼厅就像忧郁小孩的避难所——午夜梦醒，止步幽廊，屏息敛神，家什似在龇牙，门把手似在转动。

这楼厅、这怪屋看似弃物杂陈，却是米盖尔的心头好，是他的一片净土，他的一个乐园。屋里的一切似在言说：相遇之前，米盖尔亦非俗人，与伊丽莎白他们本就是意趣相投；似叫屈：离世弃屋；似悲鸣：孽缘横祸。不为财，不为势，不为貌，伊丽莎白为何要嫁给米盖尔？驻足怪屋，谜团自解——是为了他的死亡。

---

① 位于法国南部比利牛斯省的圣城。

这也就不奇怪，这几个孩子在楼里到处找“新家”，可就是没进楼厅。没找到“新家”，又离开了蒙马特街的“老家”，他们如流浪儿般失魂落魄。不眠之夜也不再是闻鸡啼而遁的轻盈仙子，而成了飘忽不定的孤魂野鬼。就算都有了各自的卧房，要么气鼓鼓把自己关在房里，要么虎视眈眈、龇牙咧嘴、挑衅不断，但都不想放弃寻“家”。

楼厅挺瘆人的，他们虽没敢踏足，还是中了它的魔法。

他们觉察到这楼厅有不少妙处，这楼厅如泊舟系独木，浮游不定。

在楼里，无论身处何处，都难定其位；一旦入厅，方位之谜尽释——隐隐听闻从厨房传来的碗碟之声。

这声音和种种妙处让人想起了童年的不眠之夜：雪山缆车，瑞士木屋，推窗即见冰川，近得如隔街相望，亮得如宝石耀眼。

现在，轮到米盖尔领着他们，探宝寻珍，圈地画界，筑墙建屋。

一天晚上，伊丽莎白不让弟弟睡觉，保罗生气了，推门就走，躲到了楼厅里。

他不善观察，但对周遭气息特别敏锐，烂熟于心之后，就能游刃有余了。

刚踏上这明暗相间的神秘长廊，刚走进这摆设古怪的寂寞小室，他就如警觉的夜猫，两眼放光，时移时停，东摸西嗅。这儿不是雪夜中寂静的蒙蒂耶公寓吗？似曾相见，是前生吗？

仔细地打量了工作室，他便抱起几扇屏风，立在扶手椅跟前；脚搁在凳子上，人躺倒在椅子里；心满意足，他就想“出窍”。可别样的氛围，演不出同样的角色。

他心里不好受，怨恨自己太骄傲。原想气气达吉罗斯的女替身，却一败涂地。阿加莎用柔情征服了他，让他俯首称臣。他倒好，不是成全自己，反而藏着掖着，与心魔争斗，与宿命角力。

细管足以放空巨桶里的水，只要有所行动。

第二天，保罗想好要搭个棚子，就像塞居尔夫人[①]的小说《假期》里的那样。几扇屏风一摆，门就有了。棚子没顶，杂乱无章，神秘兮兮的。保罗搬来石膏像、书、空盒子和他的宝贝。脏衣服堆起来了。大镜子让人产生错觉——楼厅变大了。扶手椅换成了折叠床。反光灯也被盖上了那块红棉布。

伊丽莎白、阿加莎和吉拉德来看了几次，眼馋这厢风景，也跟了过来。

于是乎各自安营扎寨，重回旧日时光，嬉戏于月色暗影中。

一星期之后，就不再去夏尔咖啡馆吃饭了，保温盒里有玛瑞特准备的三餐。屏风围起了一个孤岛，周围不是海水，而是油毡。他们找到家了。

自打搬家以来，没了旧家的气氛，姐弟俩的脾气更坏了（没来由的坏脾气）。阿加莎和吉拉德都觉得他们多余

---

① 塞居尔夫人（1799—1874），法国著名儿童文学作家。

了，就常一起出行。两个人同病相怜，自然生出友爱。阿加莎奉保罗如神明，吉拉德对伊丽莎白也是如出一辙——为了爱人，无怨无悔，从来没敢吐出真情。他们把自己放得很低很低，总是仰望着心上人。阿加莎怀春于雪中少年，吉拉德钟情于铁血圣女。

他们俩从来没敢痴心妄想得到垂青，只想求得善待。姐弟俩能接纳外人，已是天大的恩赐。他们深恐给姐弟俩添乱搅局，一旦感觉多余，就极有分寸地回避。

伊丽莎白忘了自己还有车。司机给她提了个醒。于是，一天晚上，她带着吉拉德和阿加莎一起兜风去了，只留下保罗，顾影自怜，方悟出所爱的是何人。

他注视着达吉罗斯的小照，是晕了吧，眼里怎么都是阿加莎。此时，他就像有人看惯了花体字，其他字体都不入流了。

屏风上插着从蒙马特街拿来的破杂志，全是撕下的女演员画片，就像东方池塘里种着白莲，晨间“啵”的一声绽放——全是“万人迷”和“狐狸精”。保罗喜欢过什么样的，如在镜厅，一一显现。先是达吉罗斯；接着交了几个见不了光的女孩；之后是“绣花枕头一包草”；阿加莎让他变得纯净。如画家作画，先构思，再草拟，后润色，故佳作天成。保罗一直以为自己如此受罪，皆因阿加莎与达吉罗斯相貌酷似，今朝才顿悟老天是让他放下戒心，倾听心声。

这些曾经的偶像已成过去。倒是上天在芸芸众生中，点中了阿加莎，与伊丽莎白成了一对姐妹花。为何会这样？只能去问阿加莎的双亲了，可他们已不在人间。

初见阿加莎，保罗就惊为天人。如果爱没有蒙住他的双眼，他该洞察到命运之手如花边梭子，不紧不慢地让我们千疮百孔，让我们似软垫般臣服于它。

在这个简陋的棚子里，保罗做起了春梦，梦里人阿加莎毫无凡俗之像，令他难以自制。他忽然望见镜中的自己，一副欲仙欲死、蹙眉沉脸的熊样，真丢人。过去他信服以牙还牙，不过现在他的心病倒成了件美事，或许很快就善有善报了。他真的爱上了？他会吗？是不是两情相悦呢？

他猜不透。

或许阿加莎只是敬重他，这敬重与厌恶不是一回事吗？一想到这，他就心痛。这痛可不是自视甚高的隐痛，而是要淹没他、吞噬他的痛；痛得没有止息，只求心上人的眷顾。要有所为，要有分寸。他不敢开口。还有就是在哪儿说呢？生活在同一屋檐下，时聚时散，也没个日子说得准的。要想逮到机会，还真不容易。就算说了，人家也未必当真。

还是写封信吧。一石击破静水；再掷一枚，下文如何，无人知晓，皆看天意了。这封情笺将落于谁家？要么他们中的一个？要么花落佳人，接着就看她的应对了。

于是他故作镇静，板着个脸，也不理人，乘机红着脸谱下心曲，直到天明。

这把戏惹恼了伊丽莎白，打蔫了可怜的阿加莎。她以为保罗讨厌她，要避开她。第二天，自称微恙，就没起身，没出房门。

晚饭，冷冷清清，一吃完，伊丽莎白就让吉拉德去看看弟弟，想法儿让保罗回来住，要好好“审问”他，是不是对他们有什么不满。而她要去看看病恹恹的阿加莎。

一进屋，见阿加莎趴在床上，脸埋在枕头里抽泣着。伊丽莎白一看脸都吓白了。这悲戚戚的情状把她点醒了，陡然来了精神。她嗅到了点什么，一个秘密？定要探个究竟。她又是甜言蜜语，又是嘘寒问暖，就是要让阿加莎竹筒倒豆子。

“我喜欢他，我爱他，可他看都不看我，”阿加莎呜咽道。

噢，原来是小情小爱。伊丽莎白笑着说道：

“你这个疯丫头，”她高声说道，以为阿加莎说的是吉拉德，“我倒想知道他凭什么看不上你。他这么跟你说的？不是！那你怎么知道？这傻小子运气不错！你要是喜欢他，他就该娶你，你就该嫁给他。”

阿加莎一听，伊丽莎白没笑话她，反倒爽快地解开了心结，顿时如释重负，平复了许多。

“丽莎……”她倚靠在最近丧偶的寡妇肩上，低语道，

“丽莎，你真好，你真是太好了……可他不喜欢我。”

“是真的吗?”

“我们俩不可能……”

“要知道，吉拉德挺害羞的……”

她边哄着边说道，泪人儿从肩上抬起头：

“可……丽莎……我说的不是吉拉德，是保罗!”

伊丽莎白猛地站起身来，阿加莎结巴道：

“原谅……原谅我……”

双眼一动不动，双臂一晃又晃，伊丽莎白觉得自己直直地掉进了停尸房；她直勾勾盯着阿加莎，就像先前看着面目全非的亡母，眼前不是眼泪汪汪的小女孩，而是达吉罗斯装扮的、阴险的亚她利雅，一个登堂入室的女贼。

她要问个水落石出；她强压怒火，坐到床沿。

“是保罗！挺意外的。我真是没想到……”

她口气温柔地说道。

“这挺让人吃惊的！挺有意思，真没想到。快，快说说。”

接着她又抱又哄，变着法儿翻出隐情、套出真话。

阿加莎擦干眼泪，擤完鼻涕，不再藏着掖着，一吐为快，把不愿示人的心事和盘托出。

伊丽莎白听着这个简单而纯洁的爱情故事。阿加莎头靠在保罗姐姐的肩头，娓娓道来。要是抬头，顺着那只轻抚她秀发的“铁”手，她就会看见一张冷酷的脸，一张判官的脸。

伊丽莎白笑着起身：

“听我的，”她说道，“好好歇着，静静养着。这事也不难，我去问问保罗。”

阿加莎惊得坐起身来。

“别，别去，他一点也不知情！我求你了！丽莎，丽莎，别跟他说……”

“你就别管了，亲爱的。你喜欢保罗。如果保罗也喜欢你，这不太好了，皆大欢喜了。放心，我不会出卖你的。我知道该怎么做。待在屋里，放心睡吧。”

伊丽莎白穿着毛巾长浴衣，腰间扎着领带。浴衣太长了，下摆有点碍事。她如行尸走肉般走下楼梯，耳里萦回的全是轰鸣声。有股无形的力量摆布着她，带领着她向左、往右，操纵着她开门关门，提醒着她别踩着浴衣。她就像玩偶，只会这几个动作，这样才不致跌倒。她脑子一片空白地行进着，心如斧砍，耳如蜂鸣。如在梦中，越来越清晰了，沉沉的步子若有所思；身子轻盈如飘浮；既像雕塑般凝重，又像潜水般自在。

伊丽莎白心事重重，摇摇晃晃，拖至脚踝的浴衣仿佛把她托了起来，像古时的仙女踩着云座，在走廊里穿行。脑子如空穴来风，“嗡嗡”作响，胸腔里如斧砍般“硁硁”不绝。

此时，千万别唤醒她。她被幽灵附体了——蒙马特街的幽灵。就像商人为了免于破产，就像海员为了搜救沉船，还像犯人为了自圆其说，她要竭尽全力保护自己。

她正要踏上去客厅的楼梯。吉拉德从厅里出来。

“我正要去找你，”他说，“挺怪的，保罗让我找你。阿加莎的病好点了吗?”

“她头痛，只想睡觉。”

“我上去看看她……”

“别去了，她睡了。到我屋里等着，我先去看看保罗。”

想着吉拉德一向俯首帖耳，没等回话，她径直走了。她踏进楼厅，昨日重现——月光、雪影、油毡、东拼西凑的家什，伊丽莎白定定地看着一切，似梦似真——如异域之城，屏风高墙，壁垒森严，守卫的是保罗的家。

她踢开地上的信纸，绕开屏风，见保罗坐在地上，身子贴着被子；他在哭。这泪水不是为失去的友谊而落，也不似阿加莎的一把鼻涕一把泪。星点泪珠粘睫毛，夺眶而出，顺着脸颊慢慢滚落，微启双唇浅尝咸涩，下巴也斑斑泪痕。

保罗等着裁决。阿加莎不会没收到信吧。空等折磨死人了。不是跟自己说过要谨慎，要平静，现在全都不管用了。他不计代价就是要知道情有所寄。不知所终才是忍无可忍。伊丽莎白刚从阿加莎那儿来；他就问她。

“什么信?”

那要在以前，伊丽莎白早就无所不用其极地发火开炮了，歇斯底里地要保罗闭嘴、要保罗回话、要保罗喊得再响点。这会儿，面对伊丽莎白温柔的质询，他全招了——他的秘密，他的笨拙，他的情书，哀求姐姐告诉他，阿加莎要不要他。

这一串重击砸在幽灵附身的伊丽莎白身上，牵动了种种疑问。这封信让她恐惧。阿加莎收到了吗?她看了吗?要么她忘了打开了，或者她认出了笔迹，正拆信呢?看了，她会是什么表情?

“一分钟，”她说道，“弟弟，让我静一下，我郑重地跟你说。阿加莎没跟我说起你的信。这信不会飞走。要找到它。我上楼去看看；马上就回来。”

一出来，她就想起了阿加莎的闺怨，要不这信放在门厅了?没人出去过。吉拉德从来不看有没有信的。要真是放在门厅，可能还在那儿。

真的，信还在门厅，放在托盘里，黄色信封，皱不拉几的，像片枯叶。

她打开灯。是保罗的笔迹，字写得特大，一看就不是好学生写的。写的是保罗的地址。自己给自己写信！伊丽莎白撕开信封。

阿加莎，我喜欢你。听了，你不会生气吧。我太笨，以为你对我不好。我清醒了，我是喜欢你的。如果你不喜欢我，我会死的。求求你，给我回信。我难受极了，一步也不想离开楼厅。

伊丽莎白吐吐舌头，耸耸肩。心乱如麻的保罗，匆忙得连信封上写的也是自己的名字。这像他干的事，真是江山易改，本性难移。

试想一下，让兜了一圈的信，回到保罗手里，他还不万念俱灰，撕掉情书。她不会让弟弟在这场爱情戏里太伤心了。

她到洗手间，撕了信，扔进水池，冲走了，不留一丝痕迹。

回到可怜的弟弟那儿，说她去了阿加莎房里，阿加莎睡了，衣柜上有封信，信封是黄色的，露出一张方格纸。她认出那信封了，在保罗桌上也有一样的。

“她没跟你说什么？”

“没有。我不想让她知道我看见了信。最好别跟她提这事儿，她会回说不知道我们在说什么。”

右颊挂泪，保罗没想过会是这结果，原以为阿加莎会接受他的爱意。现在他眼前是地洞和深渊。伊丽莎白安抚着他，娓娓道来阿加莎的体己话：她喜欢吉拉德，他们两情相悦，打算结婚。

“不过这也挺奇怪的，”她加重了口气，“吉拉德没跟你说起这事儿。他挺怕我，我让他紧张。可你不是啊。要不他怕你笑话他们。”

保罗一言不发，饮下了这杯“苦酒”。伊丽莎白还在那儿“添油加醋”：阿加莎纯洁，吉拉德善良。他们是天作之合。舅舅百年之后，吉拉德有了遗产，又是单身，娶了阿加莎，有了安乐窝，过上幸福的小日子。谁要是节外生枝，搞点小动作，就是要让阿加莎烦心，让吉拉德发愁，坏了他们的好事。这太残忍了，太恶劣了。对！这简直是犯罪。保罗是有点疯，有点任性，但不会来这一手。他要好好想一想，人家两情相悦，就别再搅局了。

她口若悬河，义正辞严地说了要一个时辰了，像个黑衣判官。她太投入了，竟然啜泣起来。保罗低头掩面，算是臣服了。他许诺不提这事了，要是吉拉德跟他说起和阿加莎的事，他不会给脸色的。情书的事，阿加莎没任何反应，她是想忘记它，不想招人恨，只是一封心血来潮的涂鸦罢了。但吉拉德要是知道，惊讶之余难免尴尬。还是让他们快点订婚吧，开开心心，接着就是婚礼、蜜月，最终拨云见日，好事一桩。

伊丽莎白给他擦干眼泪，亲一下，塞好被子，离开了“围城”。她还有不少事呢，决不能手软，不留喘息之隙；如夜游的蜘蛛，她不停穿梭着，毫无倦意，举重若轻，密织暗线，布下天罗地网。

·

吉拉德还在她房里，等得不耐烦了。

“哎？怎么回事?”他大声问道。

伊丽莎白粗暴地回敬：

“不许用这调门跟我说话。你就不能好好说，别嚷嚷。好吧，是这样，保罗发烧了。他太糊涂了，没觉得自己病了。看看他的眼睛和舌苔，就知道不对劲。让医生来看看，是感冒了还是复发了。我让他别起床了，也别来找你。你就睡他房间……”

“不，我去看看他。”

“待这儿。我有话跟你说。”

伊丽莎白嗓音低沉。她给他让了座，踱开方步，问道对阿加莎他有何高见。

“怎么问这?”他问道。

“什么怎么?”语气生硬而蛮横。她告诉他别装傻，难道就不知道阿加莎喜欢他、想嫁给他，不说实话不行。

吉拉德傻了，两眼圆睁，双臂僵直：

“阿加莎……”他结巴了，“……阿加莎……”

“是的，是阿加莎!”伊丽莎白激动地喊道。

他真是个睁眼瞎。这不是明摆着的，同行散步拉近了两人的距离，日久生情，由信赖变为爱意。言之凿凿，听者惶惶。伊丽莎白又说阿加莎很痛苦，以为他喜欢的是自己。这太可笑了。我，伊丽莎白，千金之躯，怎么可能。

这话太俗了，不像是伊丽莎白说的，她对钱没那么上心。吉拉德听了，五雷轰顶，真想找个地缝钻进去。她乘机灌下迷魂汤，想速战速决——别想吃她这块天鹅肉，娶了阿加莎，她这媒人的老底可不许漏。吉拉德对自己言听计从，就要他守口如瓶；伊丽莎白无论如何也不想让阿加莎知道自己是始作俑者。

“来吧，”她最后说道，“演一出好戏。你先躺下，我去阿加莎那儿，把好事跟她说了。你喜欢她。瞧，把你美的，脸都红了，眼都醉了。醒醒吧。挺得意吧，亲我一下，你现在是至福之人。”

吉拉德呆呆地任她摆布，对她言听计从。她带上门，上楼去阿加莎那儿，再布局下套。

在她的罗网中，小女子阿加莎最难对付。

重创之下，阿加莎趔趄了，却没立马趴下。伊丽莎白穷追猛打，解释道保罗不知情为何物；他不喜欢你，别人他也一样；这人自私得不行，傻女人才会上当，就让他自生自灭吧。两厢一比，吉拉德可是人中龙凤，老实正直，对你一心一意，是个能托付终身的人。本已累得不行，这下，阿加莎蜷缩着，如抱着救命稻草。伊丽莎白见她身子贴着床沿，头发尽湿，仰面朝天，一手抚心，一手坠地，石化般呆了。

伊丽莎白扶她坐直，给她洗了把脸，嘱咐道保罗要是不信，只需喜气洋洋地说出与吉拉德的婚事，他也就死心了。

“谢谢……谢谢……你的好意……”伤心人哽咽道。

“别谢我，睡吧，”伊丽莎白说完就离开了。

在门外驻足片刻后，心绪稍安，如释重负，太累了，令人难以承受。快要到楼梯口，伊丽莎白的心忽地狂跳起来，有响动。她刚要抬脚，见保罗过来了。

黑灯瞎火的，他的睡袍如一簇白光。顿时，伊丽莎白明白了，他在梦游呢。之前在蒙马特街，一有不快，夜里就会这样。她依着扶手，脚没敢着地，纹丝不动，怕惊了保罗，再问起阿加莎的事。还好，他的目光游移于灯柱与姐姐之间，没看见她，倒是盯着楼梯。伊丽莎白紧张得心都要跳出来了，“嘭……嘭……”如伐木声，如雷贯耳。

停了会儿，保罗返身折回去了。她听着步子渐远，没了动静。脚都站麻了，终于可以回房休息了。

隔壁悄无声息，吉拉德该睡了吧？她站在梳妆台前，镜子吓了她一跳；低头洗手，要洗干净这双可怕的手。

14

吉拉德的舅舅病得不轻，订婚、结婚是急就章，作轻松状。各司其职，各表其善。仪式不铺张，保罗、吉拉德、阿加莎都摆着个笑脸，之后就是死气沉沉，伊丽莎白可受不了这。她还以为是自己的高招把他们三人救出危局。要没有她，阿加莎不就成了保罗的“荡妇”，保罗不就成了阿加莎的“主人”了吗？她一直觉得吉拉德和阿加莎才门当户对，还不是靠我们姐弟俩，他们才有缘相识。一年之后，有了孩子，他们会更庆幸自己运气不错。她怎么能忘记那天晚上她如昏睡初醒般干下的好事；她怎么能算是把他们当成任人摆布的卒子；看着新人和保罗，她一点也不因置他人于不幸而慌乱，也不担心他们会认清她的诡计。

对他们，她了如指掌，他们太温情脉脉了，根本想不到要探个究竟。一旦真相大白，她不就成了恶人吗？我怎么就成了恶人了呢？恶在哪儿？为何成了恶人？她自问道，没想通，那就是自己没错。她喜欢他们，才会“害”他们，这叫关心和用情。她觉得自己高人一等，觉得是在帮他们走出“三角恋”，好处要来日方长才看得出。这苦差事没让她省心，不过箭在弦，不得不发，一定得发。

“就该这样，”伊丽莎白自语道，如面对重症的外科大夫。心计就是柳叶刀。那晚就该定夺、麻醉、动手，这才大功告成。阿加莎的笑声把她从沉思中拉回餐桌。听着这假笑，看着冷脸的保罗和尴尬的吉拉德，她怀疑自己是不是错了。不，我没错，要把那晚所有的细枝末节、忧虑恐怖，一切的一切，统统忘掉。

新人去度蜜月，只剩下姐弟俩独处。保罗病恹恹的。伊丽莎白搬到“围城”，日夜照看。医生没见过这样的病号，百思不得其解久病不愈的原因。“屏风屋”可不宜养病，该找个静养之地。保罗裹着凌乱的被褥，不愿意离开。伊丽莎白托腮而坐，操心得眼睛没了神采。盖着红棉布的灯下，保罗红光满面，伊丽莎白以为病有了起色，吉拉德也有过同样的错觉——那次消防车与他们擦肩而过，旋闪灯映红了保罗惨白的脸颊。

舅舅死了，吉拉德和阿加莎回来奔丧。小两口把家安在拉菲特街；伊丽莎白曾想腾出一层，让他们也住小楼里。她未卜先知似的：他俩会合得来，小日子也过得风平浪静（这小两口也只配得上这）；他们担心与楼里的晨昏颠倒不合拍。保罗还真怕他们要搬来，听伊丽莎白这样一说，松了口气：

“那是怕我们会搅了他俩的小日子。吉拉德没和我直说。他是担心我们带坏她。相信我，这可不是编的。他跟他舅舅没两样。他一开口，我吃了一惊。他没在演戏吧，他没想到自己有多傻。”

时不时小两口来小楼吃饭。保罗就得起身，到楼上饭厅作陪。那个别扭，玛瑞特全看在眼里，他悲戚戚的眼神，仿佛不幸就要降临了。

15

一天早上，正准备着饭桌。

“猜，我遇见谁了?”

吉拉德兴奋地问道，保罗撇了撇嘴，没回话。

“是达吉罗斯!”

“真的吗?”

“当然是真的，亲爱的朋友，就是达吉罗斯!”

吉拉德正过马路。开车的达吉罗斯差点轧着他。他下了车，聊起吉拉德继承的遗产，还有舅舅留下的厂子。他想去厂子看看，这人蛮有主见的。

保罗问起达吉罗斯变了吗?

“没变，就是脸色不太好……他跟阿加莎长得真像，就像兄妹俩。他不再像以前那样盛气凌人了，很客气，很客气。现在是一家汽车公司的代表，来往于法国和印度支那。

他带我去了住所，还问起‘雪球’……就是给雪球砸中的那个……就是你，保罗。”

“那么接着呢?”

“我回说常见到你。他就问：‘他还喜欢玩毒药吗?’”

“毒药?”阿加莎吓了一跳，目瞪口呆。

“唉，是啊，”保罗挑衅似的高声说道，“毒药可是个好东西。上学的时候，我做梦都想要。（说白了：是达吉罗斯想要，我是他的跟屁虫）。”

阿加莎问他要毒药干吗。

“不干吗，”保罗会说，“就是想要，想搞到毒药。这不可思议嘛！我想要毒药，跟想要罗勒、曼德拉草[1]一样，跟我手上有把枪是一回事。瞧，毒药，让大家都来看，这太带劲了!”

伊丽莎白颔首称是，就为了跟阿加莎对着干，为了帮衬着弟弟。对毒药，她也曾着迷。在蒙马特街时，她就玩

① 皆为香料。

过“制毒”，藏在小瓶里，贴上“骷髅”标签，起个瘆人的名字。

“太可怕了！他们俩疯了！吉拉德！这是死罪。”

这话不入耳，伊丽莎白瞟了一眼保罗，庆幸自己没看走眼，阿加莎就是个少奶奶，她那套太俗了。

“达吉罗斯还给我看了从中国、印度、墨西哥、安的列斯群岛带来的毒药。”吉拉德接着说，“有箭毒、有拷问用的、有复仇用的、有自尽用的。他还笑说：跟‘雪球’说，我没变，和学校里一样，喜欢收集毒药。来，把这玩意给他。”

吉拉德从口袋里掏出一个报纸包着的小盒子。姐弟俩急不可耐，阿加莎躲得远远的。

他们打开盒子，是个拳头大小、黑不溜秋的圆东西，外面裹着一层像是来自中国的棉絮纸；有点像块菰，土灰色的，有条切口，露出浅红的内瓤，挺醒目的，带点泥土清香，间或夹杂着洋葱和天竺葵的冲味。

这圆乎乎的东西貌不惊人，却神秘兮兮的，让人屏气敛息不敢妄动，犹如群蛇缠绕，七寸狂舞，难辨多寡，幻见死神。

“这是鸦片吧，”保罗道，“他在吸毒。他才不会送我毒药呢。”

他伸手要拿。

“别碰它！（吉拉德制止了他。）不管它是什么，反正是达吉罗斯给的，他让你千万别去碰它。我绝不会把这脏东西给你的，你把这事想得太轻巧了。”

保罗变了脸，吉拉德的口吻如舅舅，可笑之极，不由得暗许伊丽莎白的想法。

“太轻巧了？”伊丽莎白冷笑道，“你看着！”

她抓起报纸，裹上“毒药”，绕着桌子，追着保罗，嚷道：

“尝一口，尝一口。”

阿加莎躲开了，保罗跳脚了，手捂着嘴。

“瞧，这轻巧吧！神勇吧！”伊丽莎白气喘吁吁地取笑道。

保罗反唇相讥：

“白痴，你自个去吃。”

“谢了。我死了，你是不是很开心。我把我们的毒药放到‘百宝箱’去喽。”

“气味太重了，”吉拉德说，“最好放到铁盒里。”

伊丽莎白把“毒药”包好，塞进旧饼干盒里，抱着它走了出去，来到五斗橱跟前，上面胡乱堆着几本书、小胡子胸像和一把手枪，她打开抽屉，吐着舌尖，慢慢地、悠悠地把饼干盒压在达吉罗斯的照片上，那样子就像中了邪似的，要往小蜡人身上扎针。

保罗回想在学校时，自己亦步亦趋地学达吉罗斯，聊的都是土著人和毒箭，算计着用涂了毒胶水的邮票杀人，还想着如何驯服怪物，就是没想到人要是中了毒，是会死的。达吉罗斯耸耸肩，理都不理他，嘀咕道：“这个娘娘腔。”

达吉罗斯没忘了这个对他言听计从的“奴才”，这回更是要好好作弄他一番。

“毒药”让姐弟俩蠢蠢欲动，成了争吵拌嘴的导火索，成了争风吃醋的“美女蛇”。小楼里暗流涌动。

保罗还庆幸自己“顶撞”了阿加莎，对自己的乖张还挺得意（伊丽莎白这么说的），吉拉德可不想让新婚燕尔的妻子再受这份罪了。

伊丽莎白也挺自得，因为保罗又跟以前一样了，古灵精怪，惊世骇俗，没忘了蒙马特街的精气神。

这“毒药”打散了弥漫着的小家子气，让她看到了希望——阿加莎渐渐地没有立锥之地。

但这枚护符也难救保罗。他蔫了，瘦了，吃东西没胃口，日子过得没滋味、没声色，成天死气沉沉。

16

小楼照英国人习惯，星期天给仆人放假。玛瑞特给姐弟俩准备了热汤、三明治，就跟女伴出门了。司机帮着收拾好屋子，也载着女友走了。

这天也是个周日，下着雪。照医生吩咐，伊丽莎白卧床歇息，屋里窗帘紧闭。下午五点了，保罗从中午起就一直睡着。他让姐姐听医生的，别担心他了，上楼回房歇着。伊丽莎白睡着了，做了个梦：保罗死了。她穿过极似楼厅的森林，从高窗泻下的光线透过枝杈，明一簇暗一簇。远远地，她看到一张台球桌、几把椅子、几张桌子围着一片林间空地。她心想：一定要到小山包那儿去看看。在梦里，那张台球桌就叫小山包。她又是疾走，又是小跑，就是到不了。她累得趴下了，昏睡了过去。忽然，保罗把她叫醒了。

“保罗，”她惊呼道，“哦！保罗，你还活着？”

“不，我死了。这不，你也步我后尘。这样我们才能又见上，不再分开了。”

他们上路了，走了挺长一段路，总算摸到了小山包。

“听，”保罗说（他手指按着自动击键的钢琴）。听，这不是永别奏鸣曲？琴键飞速地敲击着，顿时林间空地回旋起如发报的劈劈啪啪声……

伊丽莎白惊出了一身冷汗，坐起身来，浑身都湿透了。门铃响了。今天家里仆人都不在，没人应门。噩梦初醒的她只能下得楼来。一开门，一股夹雪的狂风把头发蓬乱的阿加莎带进了门厅，只听她叫道：

“保罗呢？”

伊丽莎白这才回过神，彻底醒了。

“什么，保罗？”她问道，“你怎么了？保罗想一个人待着。我想他是睡了。”

“快，快，”来访的阿加莎喘着气，“快去看看，他给我留条说要服毒，还说我来不及救他，说会把你支开。”

玛瑞特是当天下午四点去吉拉德家送的便条。

伊丽莎白呆了，难道自己还没醒，还在梦里。阿加莎一把推开她，向楼厅跑去。伊丽莎白也跟着来了。

一进楼厅，伊丽莎白仿佛又回到了梦境：树枝银装，狂风不休；那儿叫小山包的台球桌还在，如地震后的废墟，噩梦挥之不去。

“保罗，保罗！你回话呀！保罗！”

月光下的“棚子”静立无声，散发出一股恶臭。走近了才发现狼藉一片，她们感到了一种黑色的气息，一种死亡的气息，还嗅到了那股洋葱和天竺葵混杂的气味，是从“毒药”淡红色裂口里弥漫出来的。全是这味儿，弥漫到了整个楼厅。保罗倒在地上，穿着与姐姐一样的毛巾浴袍，翻着白眼，没了人形。窗外，高处，雪影白光随风摇曳，保罗惨白的脸颊上暗影浮动，只在鼻尖颧骨上闪着点点光斑。

椅子上，剩下的“毒药”、水杯和达吉罗斯的小照紧挨着，胡乱放在一起。

这眼前的惨剧跟想象中有天壤之别，没那么矫饰，没那么俗气，不过那古怪的情状还是让人目瞪口呆。她们俩一下子蒙了。怎么会这样？这眼前的人还是保罗吗？都认不出来了。

阿加莎冲了过去，蹲下来一看，他还在喘气，还有希望。

“丽莎，”她恳求道，“别傻站着，去穿件外衣，他吃的这东西可别是毒品啊，但愿不会致命。去找点热水，快去叫医生。”

“医生去打猎了……”惊魂未定的伊丽莎白结巴道，“今天是星期天，不会有医生，不会有人的。”

“那就去拿热水来，快去！快去啊！他身上冰凉，可还在喘气。有药吗？最好给他喝杯热腾腾的咖啡！”

伊丽莎白很惊讶，阿加莎怎么能如此镇定自若，她怎么做到的？跟保罗说话，抚摸着他。她怎么知道要热水？她哪儿来的力气跟寒冷与死亡对抗？

猛地她振作了起来。热水瓶在自己屋里。

“给他盖上被子!”她在“围城”外发了话。

保罗还活着。该有四个钟头了吧，他就这样浑浑噩噩，想着这东西到底是不是毒药呢?它有没有能耐害死自己?看样子已挨过了绝地。四肢无力，身子如浮在水面，那感觉保罗以前还挺喜欢。可现在是五脏六腑俱焚，口干舌燥，嗓子冒烟，皮肤火烧火燎地难受。水！他想喝水。可手不听使唤，摸不到椅子上的水杯，腿也动不了了，浑身如散架一般。

一闭上眼睛，他就看到：一颗巨大的、披着女人灰发的公羊头颅，阵亡的士兵们瞪着死眼、身佩武器，直挺挺地绕着树枝转动，越来越快，可双脚却被传动皮带拽着。保罗心跳如簧，如鼓乐般。他的胳膊变成了条条枝丫，树皮上布满了粗粗的血管；士兵们绕着枝丫转动，接着这一幕又重现了。

回想那天吉拉德陪着受伤的自己回蒙马特街，大雪、小车和一路的点滴把晕晕乎乎的保罗唤醒了。阿加莎呜咽道：

“保罗！保罗！睁眼看看我，说话呀……”

嘴里涩涩的，他只吐出个词：

“喝水……”

双唇粘住了，张都张不开。

“就一会儿……就拿热水来了。伊丽莎白正烧水呢。”

他还是那个词：

“喝水……”

他口渴了。阿加莎吻湿了他的双唇，求他开口说话，还从包里拿出他的留言，问他为什么干这样的傻事，

“阿加莎，这全是为了你……”

“为了我?”

于是保罗吃力地、低声地一字一句吐露实情。阿加莎时而插话询问，时而惊呼自辩。诡计阴谋被抽丝剥茧，活“死”人和“新”嫁娘拨开层层迷雾、解开步步机关，才知道伊丽莎白设局之恶毒，才悟道伊丽莎白夜访之阴险，一个狡猾善变、不达目的誓不罢休的伊丽莎白。

一切都大白于天下了，阿加莎吼道：

“要活下去!”

保罗悲叹道：

“太迟了！”这时，伊丽莎白拿着药和热水回来了，想着别让这对孤男寡女单独在一起太久。黑咖啡味儿在令人窒息的无声中漫开。伊丽莎白没料到自己已被识破，背过身在瓶瓶罐罐里找了个杯子，倒上咖啡，朝她的“猎物”走去。哪知迎面看到的是喷火的四目，保罗由阿加莎扶着，硬是支起身来，两人满脸通红，怒不可遏。

“保罗，别喝！”

阿加莎这声惊叫镇住了伊丽莎白。

“你别是疯了吧，”她低声埋怨道，“以为我要毒死他。”

“你做得出的。”

地狱在召唤，伊丽莎白要撑不住了。

她欲反唇相讥。

“魔鬼！恶鬼！”

伊丽莎白没料到保罗还有力气说话，而且口出恶语。她担心的没错，不该单独留下他们。

“恶鬼！恶鬼！”

虚弱的保罗喘着气，嘶哑地叫着，微启的双目喷出怒火，逼视着恶鬼姐姐，连嘴都气歪了，脸庞抽搐着。五内俱焚，欲哭无泪，眼中闪电，如夜狼凶光。

雪花如柔鞭，轻抽着窗棂。伊丽莎白稳住了阵脚。

“对，没错。”她说道，“是这样的。我不想失去你，阿加莎让人又忌又恨。我不想让她把你带走。”

她一吐为快，卸下了虚与委蛇的外衣，又能抖擞精神。这场暴风雨打乱了伊丽莎白额头整齐的鬈发，惊得她双眼噙泪，让原本细小、无情的前额显得那么突兀。她把所有的人都玩弄于股掌之间，她骗了阿加莎，她骗了吉拉德，她骗了保罗，她把他们全唬住了。

她拿起五斗橱上的手枪。阿加莎惊呼：

“她要开枪了！她要杀我!”她紧紧抱着神志不清的保罗。

伊丽莎白才不想毁了这娇滴滴的小女子，她拿枪完全是下意识的。因为不想再做躲在暗处的女贼，自己的命没那么不值钱，要死也得死得其所。

面对惊恐万分的阿加莎和奄奄一息的保罗，她那虚张声势的做派已毫无立锥之地，她那高人一等的气势也毫无用武之地。

猛地，阿加莎惊愕地发现：伊丽莎白疯了。她摇晃着走到镜前，又是扮鬼脸，又是拽头发，挤眉弄眼，张嘴吐舌。冷场太久了，伊丽莎白憋不住了，她要疯——用乖张怪诞宣泄自己，用卖傻装疯解放自己。豁出去了，看看何时该她命绝，看看何处是她的终极之地。

“她疯了！救命啊！”阿加莎狂叫不止。

谁疯了？伊丽莎白从镜前转过身，克制住狂野之心，让自己平静了下来。她抓过手枪，颤抖着卸空了子弹。她低垂着头，直挺挺地站着。

伊丽莎白想明白了，他们的家要散了，眼见着就要散了；不过当下还有口气，那就要挺住。狂野之心依旧，她细数着，她计算着，她回忆起那些日期，住过的门牌号，就把它们统统加起来；哟！算错了，重来一遍。忽然，她忆起梦中的小山包，不是在那本叫《保罗与维吉尼娅》的书中见过吗——故事好像发生在法兰西岛①上。不做算术了，看看知道多少小岛的名字：莫里斯岛，圣路易岛。她默诵着，记不清了，全乱套了，脑袋里空白一片，心中狂躁不已。

姐姐怎么如此平静？保罗惊异地睁开了眼睛。四目相对，她撞见的是无神、黯淡的眼神，没有厌恶，只有莫名的关切。一见这情状，伊丽莎白看到决胜的曙光。手足之情让她心潮澎湃，不能放开他，紧盯着他的瞳仁。她不停地计算着，计算着，默诵着，渐渐地停顿时间愈来愈长。果然，保罗中招了，被催眠了，迷住了，又回到了蒙马特街的家。这把戏姐弟俩以前就玩过。

兴奋之情如醍醐灌顶，让她找到了玄机，就像瘫子受了天大的刺激，站了起来。之前，伊丽莎白对自己的所作所为也不明就里，一如蜜蜂采蜜，又如疯人院的病人，无意识地行动着。这一切都是她谋划的，她挑起的，她才是

---

① 以巴黎为中心的首都圈，也称为“巴黎大区”、“大巴黎”等。

幕后的黑手。

保罗会跟着她，保罗会来的，这是明摆着的。她那么确信，也不知她哪儿来的底气——不可思议的智慧。她没停下，继续着把戏，要迷住保罗。真的，他感觉不到阿加莎的拥抱，听不到她的哀鸣。姐弟俩沉浸在“死地”之乐中，怎么可能听见“凡”音。他们肩并肩向楼梯走去，一起上楼了。伊丽莎白“生”擒了保罗。他们脱离了苦海。天理已尽，要靠自己了。须臾间，他们心意已决，肉身仿若不在；灵犀相通，何谓不伦。

阿加莎尖叫着，如隔世，如异域。伊丽莎白和保罗只听到飘雪敲窗的雅音。天黑了，点上灯，光线太亮了。于是伊丽莎白躲在红纱灯的光晕下，使唤保罗待在暗处，别靠得太近，让一切尽收她的眼底。

奄奄一息的保罗打了个喷嚏，向伊丽莎白那边靠了靠，那儿有雪，有把戏，有儿时的家。生死一线，身体如硬石，思绪却不断。他看不清姐姐样貌，只见一个纤长的身形，喊着他的名字。伊丽莎白指扣扳机，等着弟弟的最后一息，如恋爱中的女人欲与情人共浴爱河；她叫着“保罗”，唤着“过来”，等着共死的一刻、终极的一刻。

保罗已精疲力竭，头不由得一歪。伊丽莎白以为弟弟死了，调转枪口，对着太阳穴就是一枪。“哐当，哐当”，带倒的屏风压在她身上，一时间，窗外雪光毕现，揭开了“残垣断壁”下的心伤，掀开了“神秘之家”这出活话剧。

谁在看戏呢？保罗透过窗子，想看看是谁。

阿加莎吓傻了，一声不吭地看着伊丽莎白，她死了，倒在血泊中。他看着窗外，玩雪的孩子挤作一团，只看到他们的鼻子、脸庞和红扑扑的双手。他认出了几个，他们的斗篷和羊毛围巾。可就是没有达吉罗斯？就是没找见他，隐隐约约看到他的身形，他又在吆五喝六呢！

“保罗！保罗！来人啊，救命啊！”

阿加莎簌簌发抖，慢慢俯下身。

她怎么了？她要干什么？保罗闭上了眼睛。线断了，家散了，药味儿还在，只剩下一个小女子，沉吟片刻后，决然向外走去，越来越远了，越来越小，终于看不见了。

图书在版编目(CIP)数据

可怕的孩子/(法)谷克多(Jean Cocteau)著;
刘树坤译. —上海:上海译文出版社,2018.12
ISBN 978-7-5327-7697-9

Ⅰ.①可… Ⅱ.①谷…②刘… Ⅲ.①中篇小说—法
国—现代 Ⅳ.①I565.45

中国版本图书馆CIP数据核字(2017)第307896号

Jean Cocteau
LES ENFANTS TERRIBLES

可怕的孩子
[法]让·谷克多 著 刘树坤 译
责任编辑/黄雅琴 装帧设计/胡 枫

上海译文出版社有限公司出版、发行
网址:www.yiwen.com.cn
200001 上海福建中路193号 www.ewen.co
杭州恒力通印务有限公司印刷

开本 787×1092 1/32 印张 4.5 插页 6 字数 42,000
2018年12月第1版 2018年12月第1次印刷
印数:0,001—6,000册

ISBN 978-7-5327-7697-9/I·4720
定价:35.00元

如有质量问题,请与承印厂质量科联系。T:0571-85506965